詩樂／飆篇

——悅讀越厲害，
詩人玩跨界

■■■ 顏 艾琳

〈自序〉

詩樂要翩翩／看了再説

　　2007年的秋天，我主持了台北市詩歌節暖身活動──「詩人進校園：讀我們的詩，唱我們的歌」，雖然活動場地在天母的芝山國小，但受邀合作、演出的有管管、羅門、蓉子等知名詩人、而音樂則請出李泰祥老師原創譜曲，因此引起很大的返響。後來接著擔任台北市國高中組的詩歌朗誦評審，卻看到不一樣的表演呈現。固然兩者在人力資源跟時間上的準備，是無法互相計量的，但是我卻對詩歌在現今教育環境下，到底表現了哪一種滲透、有無確實的美學影響、乃至啟發師生對新詩的創作，感到很大的疑慮。

　　那年年底，國語日報邀我撰寫新的專欄，我乃萌發從基本的口語聲情表達，帶到詩本身的情境講解、介紹好聽的華語音樂、並有時在文末帶到其他延伸資訊，結合成一個「詩」與「樂」雙向分析的文本，可作為目前新編的各種國語文課本、作文教材中的新詩項目，一個特殊的輔助資料。

　　很多人知道我寫詩、出書推廣新詩運動，卻不知我擔任全國、地區性、個校的（國小到大專院校）各種詩歌朗誦比賽長達十幾年，大小型詩歌活動主持跟策劃達百場以上，也指導過不同年齡層的人學習

新詩表演，還教導國小生、混齡學員班吟唱唐詩宋詞等樂府詩。動態的推廣活動上，不是只有演講跟教書而已。其實，我的新詩跟散文創作、後來從事文化工作近二十年、寫書編書不計其數、每年到處演講及評審約六十多場、受聘為大學「現代詩」與「出版傳播學」講師，這一切有趣且多元的文化工作，都是從「詩」這個豐富的文化資源出發的。

　　沒有詩，我那些奇怪的想像可能會被人說是瘋言瘋語；沒有詩，我的人生也許不會走到今天這條充滿創意跟挑戰的路；沒有詩，我的閱讀樂趣想必會減少很多；沒有詩，我的快樂與悲傷情緒要如何宣洩？沒有詩，我如何跳躍到抽象的繪畫、音樂、文字上的賞析跟創作呢！因為詩的引導，我在藝文方面的感受力特別敏銳，後來還引導我跨界到不同的領域，從事一般人覺得較具難度的工作。比如，新聞宣傳、公關企劃、裝置藝術、創意文案、即興表演、書籍評論、藝文講師、編輯總監、活動策展……而我總是一邊正常上班，一邊還抽出時間，去完成這些大大小小的事情。所以，我願以一生的實際行動來回饋「詩」。

Ai-Lin

　　現在的我早已離開編輯台多年，是個專業作家兼業餘「玩家」，時常南來北往受邀擔任評審跟演講、到國外跟大陸開會交流，自然也接觸到各地對於新詩賞析、創作的種種問題。說來奇怪，新詩從1920末期在中國萌芽，已經過八十幾年的歲月，很多人還是不懂如何進入那美好的殿堂。所以，我那時還開放專欄作為交流的窗口，讀者可將所有對新詩賞析、創作的疑難雜症，寫信到報社、再轉給我，先過濾及彙整相關問題之後，在下一兩回的專欄中回覆。為了讓大家更快吸收與了解，我每次會選不同的詩（童詩、歌詞、新詩、古詩）作為解析的範例，就是希望讀者對新詩的賞析、表演、朗誦有深入淺出的理解。

　　專欄一年後結束，我幾年內又零星應媒體邀請，寫了幾篇與藝文教學、閱讀習慣、文創力的培成等文。台灣教改快二十年了，教育觀念似乎被緊箍咒牢牢套著，面對世界創新的藝文經濟、企劃行銷表達方式、創造力的實用摩登，我們才驚覺生活美學的缺血、家庭話題只有成績與補習。優美的辭彙、細節的感動，在台灣日常中竟是如此貧乏。

　　套句塑身衣的廣告，「我們無法改變世界、卻能改變你的身材。」是的，一本書的完成、發行，並不能改變台灣的教育；但擁有此書、讀了此書的人，你想寫詩、玩音樂、填歌詞、搞創意、成為作

前左:李泰祥、管管,右前:蓉子、羅門、
與芝山國小師生合影於明星咖啡屋,2007夏

家或廣告人,這本書或能給你當作踏階。「詩給了我這平凡人,不平
凡的人生。」希望祂也能改變你,發現自己的一生,就是寶藏。

2011.11.16　寫於新北市三重　有品之家

Ai-Lin

Ai-Lin

悅讀

說讀

樂

讀

前排左起：鐘鼎文、余光中伉儷、林谷芳
後排左起：王憲陽、向明、作者、向陽

從童詩入門現代詩

現代詩的定義是什麼？
如何入門現代詩？

2007北市第一屆「青春不落國」
國高中文藝營學員提問

　　普遍來說，大家都覺得現代詩很難學。因為沒有既定規格可以「教」。學生碰到新詩就頭痛，老師則能閃就閃，根本不了解新詩可以啟發生活美學，作為創意思考的後盾。直到整個趨勢都在講創意力、文化創意的重要、文案力，新詩才被視為拯救學生想像力的一帖藥方。

　　簡單一點講，只要不具有傳統詩詞的對仗規格、書寫格律跟押韻等規則的詩，我們都統稱為現代詩；只要它不是律詩、絕句、詞、打油詩……這些需要套在「框框」裡去創作的；再進一步清晰地說，以新的現代文字感寫的詩，就叫現代詩，又稱為新詩。廣義來說，現代詩雖然沒有格律上對仗聲韻方面的規定，但是它卻可以考驗出一個作者的才份。因此，我們怎麼去定義它的範疇呢？它當然非散文句的分裂，那畢竟太淺白了，那還不如好好寫散文；可又怎樣達到「詩」的純度？

　　新詩是最沒有規則的文體，也可說是最自由、將創意發揮到百分百的創作。我們是詩的民族，從詩經乃至於唐詩宋詞至

今，中華後裔擁有的是龐大的美感寶藏，詩演變到今日，包含了傳統樂府的音韻、也可加入現代新潮音樂的節奏風格、遣詞用句的重新再造、繪畫留白與建築空間的架構藝術、抽象思維的以虛入實、各種知識的融進或主題書寫……如何定義現代詩是一件難事，讓我們從簡單入門，舉童詩為例，來說明詩與上述條件的關聯。台灣童謠教父施福珍早年曾以〈點仔膠〉：「點仔膠，粘到腳，叫阿爸，買豬腳，豬腳顆仔滾爛爛，餓鬼仔流嘴涎。」廣受歡迎，1993年又作了〈大鼻孔〉，風靡一時：

> 澎恰恰　澎恰恰　澎恰恰的鼻孔大
> 因為細漢的時準　用指頭仔挖鼻孔
> 挖到二孔黑弄弄　實在驚死人（此為摘錄主要文字）

此童謠詞曲皆由施福珍所作，施老師親自教導學童演唱的影音錄像，亦可上網搜尋得到。〈點仔膠〉押ㄚ韻，〈大鼻孔〉則用了ㄚ、ㄤ兩韻；最簡單的童謠通常為了教導幼齡孩童口誦之便，詞短、一兩韻到底、說明性強，可作為進入「詩」的聲韻與節奏感練習。

現代詩固然與童詩的寫作對象、意識形態表達的難易度有很大的差別，但馬上要能寫完全不押韻的新詩，除非是天才，否則很難掌握長長短短的不規則詩句，遑論可自然地將一首詩的音樂性、分行分段的留白及切斷之處，全面性的完成。所以我一向建議，從童詩的閱讀入門，而且要大家親聲唸出來，用耳朵跟大腦去聆聽作品的高低音、急促與緩慢的轉折處，並能同時想像出，這首童詩在被朗讀時「可能的聲情」效果。一次、兩次、多次反

覆出聲朗讀之後，就能達到掌握文字「聲節的強弱度」，字與字、行與行的中斷點，也就能透過聲音的切換處來做判斷。

　　從童詩的朗讀入門，試著自己去解讀文本的內容，並嘗試練習寫新詩，第一步仍舊要從「聲音」的掌握學起。這是基本功夫，不可馬虎。

延伸推薦：

1. 《台灣囝仔歌的故事》施福珍詞曲，康原／撰文，王灝／圖，1996年。玉山社。

2. 《台灣囝仔歌一百年》施福珍著：1895～1995從唸謠到唱謠的台語童謠本土化歷程，2003年。晨星出版社。施福珍（1935～），彰化人，教師、兒歌民謠創作者。其1964年創作的《點仔膠》為著名的童謠。《大鼻孔》則被列為2001年全國學生鄉土歌謠比賽，兒童組指定歌。

從古詩
跨進現代詩

詩?看不懂現代詩怎麼辦?
涼拌還是炒雞蛋,
比較吞得下一首詩?

很多人都提問過!
尤其是國中、高中生

　　有一個媽媽在我寫詩樂專欄期間,寫信到報社轉達給我說,「如果是賞析童詩,那就太好了!因為基本上,我跟大家都看不懂現代詩。若能從童詩介紹起,便能作為賞讀新詩的基礎。」看來這觀念好像是對的,但看得懂古詩及童詩,就真能進入到新詩的世界嗎?

　　這位媽媽可能不清楚,現在的國語文教本內容中,「詩」這項體裁自幼稚園到大學,都已經逐漸增加份量;不論就學生對事物觀察力的培養、個人創意表達的發展(全世界目前很夯的創意產業人才,難道我們要缺席嗎?)、文學教養的厚植,新詩的好處實在多到說不完。

　　童詩也好、古詩也罷,大家都覺得那已是「優良的文學品質」,至於新詩呀,除了看不懂還是看不懂,放一邊涼吧,反正生活中不需要用到。那麼「春花秋月何時了,往事知多少」、「千山鳥飛絕,萬徑人蹤滅,孤舟簑笠翁,獨釣寒江雪。」意境

會不會太高？可恰好大家都讀得懂？這個「恰好」其實跟「基本上大家看不懂新詩」都是同一理由——閱讀環境造成的。如果父母本身就對閱讀新詩有隔閡，那也就不會誘導孩子去看童（新）詩，所以大家對詩的距離當然越來越遠。但因為傳統古詩有其一定的教育和影響，眾人多少會背誦唐詩宋詞的名詩。這麼一想，為何我們就不能反過來，「熱炒」新詩這玩意呢？

　　許多人「認為」到國中、高中才正式接觸現代詩，卻無感於生活中早就有很多「詩意」、「詩質」的文字。打開對好奇事物的眼睛，重新看看週遭，房地產大大招牌上：

　　扭開中港路繁華商機的水龍頭

　　腦袋餓了，請到××圖書館免費吃到飽

　　走出技能訓練所，讓你成為擁有幾把刷子的職場高手

　　這些文案的功力，都把現實事件轉變成有趣的畫面，這就是一種「詩的變形」。

　　大家都說，到達新詩的殿堂先從童詩出發，這次我則要鼓勵，不妨把古詩詞多多拿來吟誦，學習古代詩人吹牛的誇大技法——至今，這還是廣告創意人最愛搬弄的文字技巧。

　　元曲〈天淨沙〉：「孤藤、老樹、昏鴉……斷腸人在天涯」一句堆疊一個意象的層次，就跟〈江雪〉中的舖展，到最後只為突顯人在極端境界中的孤獨、斷腸。反之用在新詩裡，不就是：

　　「雪塗白了千萬山巒

　　　人的腳印　很久

沒拓印在山徑上

風景多麼蒼白

只見一個咖啡色的驚嘆

在寒凍的江邊

寫就這寂寞的風景文章

　　總之，新詩並沒你想像中困難，反而是一種越學越感趣味的文體，它可以活化學生和任何行業的成人，恢復對事情的新穎觀點、誘導出更多活潑、機智的想法出來。所以不要因為看不懂就把它「涼拌」，把讀詩的趣味冷凍起來，它就餿掉、壞掉了，怎可能再喜歡它？

　　把古詩當成新詩的跳板，有空沒空搖頭晃腦讀出聲音來，趁著讀懂古詩的興頭上，稍微炒熱一下對詩的好奇心，不妨以「炒一盤營養的熱雞蛋，為文學素養加料」，用這樣拐個彎的方式來看待，你還覺得新詩很難「吞嚥」嗎？

新詩打不打油，
很有關係

請問打油詩跟現代詩的書寫
界線。
打油詩到底是傳統詩，還是
新詩？

三重圖書館故事媽媽問

　　打油詩也是詩的一種，它應該屬於「自成一格」。而且這個文體很早就有了，也跟詩歌的發展脫離不了關係。如果說「詩」是「一種」文體，那麼打油詩應屬它之下的「科」。

　　打油詩之所以無法成為「文體正典」，乃因為「打油」是為了順口溜，字句簡單白話，流於通俗，也不講求意象與技巧，當然，新詩常要求的詞性轉化（學術上所說的陌生化），更不見於打油詩的創作中。因為容易入手，人人皆可創作，它的精緻度不能跟正統古詩、現代詩相比。

　　打油詩雖然不是五言絕句、也不是七言律詩。但因字數常控制在四到七字之間，造成許多人將打油詩和傳統五言、七言詩的混淆。其實這點也容易分別，打油詩不對仗、不講平仄、從兩句到無限制的行數都可以寫下去。有些打油詩還會出現字數不統一的現象。種種類比條件，只要讀者對傳統詩詞稍有認知，都可以識別出來。

　　台灣在1980年代曾有趙茶房（趙寧）出過一本社會百態觀察的打油詩冊，配上他的漫畫發行，據說賣得還可以，但趙寧從不會說自己是個詩人。因為打油詩就像我們常常隨口唸出的一些順口溜、或民間流傳的「唸歌」，例如：「新娘新娘，水噹噹，褲底破一孔」，又比如我那迷《三國演義》的兒子所寫〈子龍單騎長板橋〉：「天兵十萬打蜀漢，奮不顧身救阿斗；幸有曹操下指令，快馬跑回蜀本陣，還有張飛來相助，長板橋上撿寶刀。」一個十歲的孩童就能寫出數十首長短篇幅的打油詩，不難想像打油詩的入門門檻之低，只要你高興，隨時就可信手拈來。

　　不知為何，我在評審各種年齡層的新詩競賽，還是很多人將打油詩拿來投稿。這種情形多集中在六十歲以上的老先生、文史哲系學生、小學生當中。至於為何會這樣？我試著解釋此一現象：

㈠老先生可能受到長期口號的灌輸，以及自學創作詩詞的誤認偏差；

㈡文史哲系所同學本身對文學正典有基礎，但又急欲跳入現代詩的新領域，面臨詩的傳統與前衛尚無法撇清界線，寫作時反而綁手綁腳，容易借古體寫新詩；

㈢小學生目前從幼稚園起都有學習唐詩，對於童詩、新詩的認知最是模糊，加上父母、師長普遍不懂引導詩的美學，所以國小生寫成新舊合體，是最常見的。

　　還記得1990年代之前，許多反共標語也是打油詩的變裝：「保密防諜，人人有責、小心！匪諜就在你身邊」。這種湊合口號而容易達到宣傳效果的句子，也可視作打油詩。為了方便宣

傳、帶給眾人口耳傳播的便利、乃至文盲也可以聽得懂意思，它的韻感、押韻會跟傳統詩較靠近。常見的還有利用同音來製造效果，像SARS期間有首打油詩：「喝沙士，防SARS，常洗手，防病毒」。這樣易懂的趣味感，絕對不是現代詩講求的空間感、意象畫面、新鮮創意等，所以千萬不要再和現代詩混為一談。

詩詞 歌詞 詩歌 差異？

為何我寫的詩，被評審說太像歌詞？
現代詩與歌詞如何分別？

投稿文學獎老是榜上無名的大學生

　　我們現在說的詩詞，其實是從唐詩宋詞簡化而來；詞乃脫胎變形於詩，所以又稱為詩餘，相較於後來的元曲、章回小說跟現代文體，後人就將這兩種文類通稱為詩詞，也可泛稱新詩創作中的句子。其實詩與歌的關聯糾纏最久，也就讓剛入門的寫手們，老是限於詩？還是歌詞？兩種創作的團團轉之中。如果寫手對詩的覺醒不夠強，也沒讀到能引領他開悟的詩集，常常一錯就錯好幾年，更別提作品受到的批判與檢驗。

　　談詩用喝咖啡來比喻，大家就比較能懂。

　　咖啡豆有很多品種（一般人常用的中文約一萬字），加上不同烘焙法、炒豆法、各種煮咖啡機器（每人的出身環境、受教育歷程、閱讀累積跟消化），製作出來的咖啡還可以加上奶精、冰糖、紅糖、菜糖（微妙的差異性來自各種不同背景、品牌的調味、計量多寡，一如寫手們控制文字的能力，平時吞吐書籍的內在底蘊），再經過調配還能做出拿鐵、卡布奇諾、馬其朵、咖啡調酒、愛司派索……等等口味（同樣的文字，有人選擇寫小說、

散文、詩、雜文、論述、歌詞，而名家都有自己的風格姿態，跟咖啡師的獨家手法一樣，就算是拿鐵，也有口感高低分別）。

知名的飲食配方之所以為私房秘傳、獨門祕方，都是創發者的辛苦研究，花費無數歲月和心血於失敗中開花結果。現代人則急於壓縮時間成本，弄一些味精、味素（作文手冊、才藝補習、快速成功指南）打底，完成的東西當然不耐咀嚼，不僅沒有回甘，還讓人口乾舌燥，懷疑自己剛剛吞下的是有害的玩意兒。尤其詩歌在流行與非主流當中，一直出現許多文學基礎很強的詞人，他們就如好的咖啡師，調配不同豆子的比例、烘焙法與選擇烹調機器，能把大同小異的材料變成一杯叫人上癮的仙液。

歌詞寫得好，在去掉音樂之後，我們還能享受到文字的意境之美、口誦時的節奏快慢；但是新詩寫得不好，別說能賦予音樂譜曲的加分效果，就算是一般閱讀也讓人頭痛、不知所云，又或者寫得太偏向歌詞，文字淺白到像散文，情境俗爛平凡，比喻轉折都在可料想到的老舊格式中，又怎會感動人心？

不是所有的詩詞都可以譜成歌，當然更不是所有好的歌詞，都能以新詩來看待。

我在本書所提到的歌詞，無疑是警示一些想寫詩的人，如果你連賞析正統詩句的意象能力都欠缺，有可能寫出的作品也比不上這些歌詞的文學水平。詩人、文學家、填詞人、作家、寫手、文字工作者，都在使用同一種材料創作，端看個人的修行了。寫的詩像歌詞，應該問自己，買的流行音樂專輯是否比詩集多很多？是否認真讀過至少100本精采的詩集？問題在於過程，不是材料了……

現代詩的韻腳
穿彈簧鞋？

古代詩有腳一步一步走，
現代詩穿彈簧鞋跳來跳去
──韻腳如何運動？

東吳大學中文系學生　徐五金

　　每年三到五月或十到十二月，是全島各大學與中學評審校內文學獎的熱季。常年擔任評審的我，除了常見的散文化分行、詩歌混淆、文言文與現代句交雜、詩句歌詞化、套用俗濫陳舊意象，再來就是古典詩與新詩的韻腳如何分別、韻腳怎樣運用的問題，一直困擾著初入門的新手。以上這些問題固然是閱讀經典詩集尚未足夠，內化轉成創作養分的不足，若非校內恰好有詩人擔任語文老師，否則在台灣寫詩並想有所成就，得靠自修或運氣了。

　　韻腳在古詩的出現是照著規則，每一步每一字走過皆留下足跡。但現代詩沒有韻腳的規定，只要求音樂性的韻動流暢，彷彿穿著彈簧鞋，這行押ㄣ韻、下行押ㄡ韻，等一會又押ㄜ韻，使人的目光不易追蹤。那是因為韻腳得用聽覺去感應，而非視覺。所以現代詩的韻腳怎麼活動？很簡單，只要作者寫完一首詩，立即用眼睛檢查全文（校對錯字）、並輕聲唸個幾遍（從聲音檢驗作品的斷句、斷行、分段、空間佈局），即能感受到韻腳是否融入

音樂流動的層次裡。

　　現今新手的問題在於兩大嚴重缺失：寫完一首詩之後，不檢查內文、也不試著自己唸唸看，彷彿剛生下寶貝的媽媽，歷經分娩的辛苦之後，就不再看新生兒一眼？但這情況的確發生在各階層的投稿者跟徵選比賽者。好的一首詩，絕對不僅耐看，更可供人品味、咀嚼、傳誦，能經得起不同背景的讀者、不同音調的人，透過聲音來「再現」詩中蘊藏的情感。如果連作者都不會反覆感受（檢驗）作品的情韻，無法感動自己，這樣的作品還值得拿出去嗎？

　　我擔任過幾次台北市勞工局「外籍勞工詩組」的評審，當我每每聽到來自越南、印尼、菲律賓、泰國等地的得獎者，以其母語表達他們在台工作、思念家鄉跟親人的心聲，我們雖然透過英譯而了解詩意，但真正受到震撼的，卻是來自他們聲音裡的裸露告白，每一字母的發聲所串聯出來的詩句，是那樣帶著抖音的憤怒、低沉的傷痛、悲鳴的渴望、溫柔的感謝……很少人不被他們的詩中聲情所感動。

　　韻腳，就是作者足以傳達給聽眾的「心情聲波」，也就是作者的「內功」。

　　不管「外功」怎麼虛張聲勢，沒有深厚的內力基礎，總是打空氣打模樣而已。鄭愁予的「我達達的馬蹄是美麗的錯誤」，假如以聲擬法寫，就變成「我的錯誤是馬蹄聲滴踏滴踏」，這樣還有美感嗎？詩人下筆時講求文字意象與節奏的一氣呵成，這對新手當然是個修業挑戰，寫完一首詩後，親自唸出來，感覺節奏是跟情緒一起流洩出的，那幾乎就成功一半以上了。假如自己唸得彆彆扭扭，不妨試著唸給別人聽，觀察對方的反應，大約可以得

到七成左右的檢驗之效。

　　新詩雖沒規矩的韻腳，只有聲韻靈活的運用，也許我們可以學Michael Jordan一樣，這空中飛人雖然不是腳踏實地的飛，但在飛翔過程中，讓我們感覺到一種運動、一種節奏的飛躍感。那你就掌握現代詩的彈簧鞋運作模式了。

延伸推薦：

《讓詩飛揚起來》，向明、蘇蘭、顏艾琳編著，幼獅出版。書中精選童詩、新詩賞析，並從聲情技巧、口齒聲調、朗誦氣勢等作詳實解說，是台灣唯一一本新詩朗誦、表演的指南。

聲音腔調決定寫詩風格？

聽說創作者的聲音腔調，
會決定他的寫詩風格，
是真的嗎？

台北一個想寫詩的低音男

　　詩人是用文字對外發聲的人，不像歌手靠得是聲音裡的情感。但是人在啟動閱讀機制時，眼睛看到字句會轉化成默唸方式，知識以一種「沉默的聲音」進入到腦部，有時讀者也會對書中內容有疑問，這時更會形成腦海中的互相激盪，讀者一人分裂成交相答辯的兩方；看來安靜捧書而讀的人，其實他的頭腦裡正在進行激烈的辯論。所以，閱讀好書的收穫，乃因為文字是「無聲之聲」，它讓我們的心智產生思考的動能，恰如太極陰陽轉動，靜態中有最大的動力隨時在蘊釀著。

　　好詩人當然懂得「四兩撥千金」的手勢。他描述美女時絕不會再用「櫻桃小口」、「長髮如瀑」、「吹彈可破」這些俗濫的套句，而是「迷宮的入口」、「春風在上面盪鞦韆」、「她是今年的第一場初雪」，有轉折的譬喻、名詞跟形容詞的詞態變形、有意象畫面可供遐想。好詩人一出手，會給人跌宕、峰迴路轉、音色聲韻上的自然腔調，讀者沒有唸出聲來，大腦即可補攫形、意、聲、情。那麼詩人終歸是撥弄「無弦琴」的吟遊歌手，只

是，實際發聲者是讀者。作者和讀者之間因為共鳴，在閱讀的那一刻，融合為一個完整的合唱。

許多詩人本末倒置，創作不是以文字情感為起點，卻被聲情表演引誘而走偏路，每次下筆就幻想著：「這首詩能唸給誰聽，多好呀。」不然即是，「組個朗誦團，參加比賽……」一有了表現的想法或是針對目的而寫，那作者或許邊寫邊唸，表情甚且激情悲憤、低喃囈語，好像發燒的自燃體。他寫的詩也不容易發表，大多刊登在同仁詩刊上，或是利用家長關係，塞給學校老師作為詩歌比賽的文本，或一等到眾人集會之際，當仁不讓地跳上舞台，宣洩他一波高過一波的高音花腔，嘩嘩然、轟轟然、渺渺然。大家都不知道舞台上的那人，到底喊些什麼？還是在抗議什麼？別笑呀，我這輩子在兩岸的詩歌活動上，都見著這類的人朗誦這樣的詩呢！

聲音在某些場合確實能凝聚大家的注意力。比如鄧麗君唱歌，她一定挑適合的歌來唱，而不會像張惠妹那樣搖滾；費玉清唱軍歌怎樣？伍佰跑去唱明華園？這樣說來，詩人的確跟歌手一樣，會選擇貼近自己個性的文字來創作。比如管管的詩韻味融合山東小調與京劇、夏宇混聲地下樂隊才叫酷、向陽國台語雙聲帶隱藏的黑色幽默，還有瘂弦那嗓感性而憂愁的河南梆子，已不知是他的詩經典？還是他的聲音更精采一些？詩人白靈讚譽瘂弦：「瘂弦的詩是可以看的音樂，瘂弦的聲音是可以聽的詩。」當「我的靈魂……」從音箱發出時，我們至少可回覆這問題一個解答：詩人若沒把靈魂的再現視為重要，那文字肉身如何成為真善美的代言？

延伸推薦：

《弦外之音》、《因為風的緣故》、《遺失的哈達》，詩
稿、朗誦、談詩（附詩人親自錄音CD）、手跡、歲月留影。
聯經出版，台北。

向音樂美學靠攏
詩人與詞人的分工合作

詩與歌，
是誰向誰靠攏的成分多？

高雄醫學院　南杏人

　　就中國文體發展來論，詩就是歌。以前的詩有韻腳，乃是要為了譜成歌，搭配絲竹之樂。唐朝詩人喜歡和歌妓混在一起，是因為好的詩文都是透過這些眼光甚高、具有音樂專長的女侍傳唱出去，可以說是「文人風流」、「風花雪月」的濫觴。在那個沒有電視、廣播電台、唱片行、歌唱比賽的古早時期，詩人們的詩要流傳出去，就得把詩歌規範在容易上口的韻腳，這樣方便被譜成樂曲，在文盲普遍的年代才易被流傳。

　　直到當今現代詩還包含著音樂性的隱形條件，因此詩歌要分家，得從內在的韻、外在的書寫形式來調配輕重比例，不然一般人搞不清楚詩跟歌詞、詩跟韻文（像是漢賦、楚辭，乃至現代喪禮上的悼詞、祭文、哭喪都是韻文的成員），甚至詩跟散文的切割。

　　簡單分析：歌曲的韻腳辨識度高，詩則不然。我也曾經受唱片公司邀請「填詞」，這工作比起填寫「詞牌」的限制，還叫我頭疼多了。首先歌分成A、B、C三段不等，為求方便聽、唱，所

以押韻或相似韻腳是必備的。還有主打的副歌部分，得配合專輯的理念、歌手的聲音特性、包裝的性格等條件來寫，且填詞人拿的音樂樣本，又不像古典詩詞規則那樣制式化，而是每一首都已經有作曲人的概念了，我必須在種種要求下，寫出具有歌手本身意念的歌詞。所以我說：「填歌詞」是一項「幫歌手塑造心靈意志的化妝術」。

　　現代詩就自由多了，雖不講求刻意押韻，但是要能在朗誦時，感受情緒在抑揚頓挫的聲音中顯現、且節奏感是自然流暢的，一氣呵成；還是生硬地從文句中切割迸裂出來？一首詩如果押韻太嚴重、或統一韻腳就會偏向「歌」，這樣文字的流動就被凝固住，是歌而不是詩了。

　　音樂人挑戰現代詩的例子，譬如：陳珊妮就挑戰夏宇的〈乘著噴射機離去〉，那首詩其實不易譜成曲，所以有些部分陳珊妮是用念誦的方式。另外夏宇在2002與地下樂團合作的《愈混樂隊》，可視為音樂人對詩文本的更大挑戰。在此專輯裡，搖滾、龐克、夏宇的親聲朗誦、電子音樂的迷幻，詩與音樂都成為「另類融合」的典範。後來陳珊妮譜吳晟的〈秋日〉一詩，收錄在吳晟詩歌集的音樂專輯中（另一張是朗誦專輯），其雕琢尾音的譜曲功力，已臻至出神入化的境界。

　　較之香港詞人林夕所寫的歌詞，為求情境與氛圍，而不重視歌詞情節的連貫，開創華文歌詞「抽象意境派」之風；他可說是作詞人向現代詩靠攏的例子。不論是誰向誰靠攏的成分多，我建議，一個創作者應有相當自覺，自己是在寫現代詩，而非其他。但連我都覺得弔詭的是：為了寫好詩，這「其他」卻是平常得日積月累的音樂美學。我們不是唐人、更非歌伎、流行歌手、填詞

人⋯⋯但若不接觸「其他」，化為隱形的寫作肥料，卻也不能寫好現代詩的。這是我寫了二十多年新詩最大的感想。

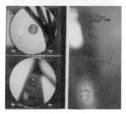

延伸推薦：

1. 夏宇《愈混樂隊》音樂專輯，雙CD，愛做音樂有限公司出品，2002，台北市。
2. 陳珊妮《乘著噴射機離去》，友善的狗出品，1995。後來也收錄在《不能忽略陳珊妮1994-1997作品精選》，友善的狗，1997，台北市。

胡適的蘭花草

　　其實胡適不是最早寫新體詩的人，但因為他在「五四運動」中，是一名推廣新文體、為文或翻譯推廣新思潮的大將，故被稱為「新詩的老祖宗」。胡適以他的學者身分，反轉了中國學界的傳統形象，他雖穿長袍馬褂，腦子卻是新穎的，行動則擺盪在大膽與保守之間。他身後資料逐漸被整理出來，後人才發現，他的羅曼史一點也不輸給徐志摩呢！

　　早期國文課本有收錄胡適悼念徐志摩的〈獅子〉一詩，或是有名句：「山風吹亂了窗紙上的松痕／吹不散我心頭的人影」的〈秘魔崖月夜〉；但胡先生最有名、且被傳唱不已的詩作，則是〈希望〉。這詩名很陌生吧？但點明它是民歌〈蘭花草〉的原著，大家一定會有恍然大悟之感。

　　〈希望〉寫於民國十年，收錄在《嘗試集》詩集，後來由救國團的陳賢德先生譜成歌。在戒嚴時期，凡是由救國團流傳出來的歌，大多是幽默搞笑、勵志光明、容易朗朗上口的正面歌詞，很多都成為年輕人的流行歌曲。也可以說，那時救國團所蒐集跟

教唱的歌曲，一部份與1970年代的民歌風潮是重疊的。

　　為了歌詞更貼近民眾，韻感更足，經過內容改動的〈希望〉變成〈蘭花草〉之後，由銀霞於1970年代中後期唱紅。原詩與歌詞（文句有標底線的）比較如下：

　　我從山中來，帶著蘭花草，
　　種在小園中，希望<u>開花好</u>（花開早）。
　　一日<u>望</u>（看）三回，<u>望到</u>（看得）花時過；
　　<u>急壞看花人</u>（蘭花卻依然），苞也無一個。
　　<u>眼見</u>（轉眼）秋天到，<u>移花</u>（蘭）<u>供在家</u>（入暖房）；
　　<u>明年春風回</u>（朝朝頻顧惜），
　　<u>祝汝滿盆花</u>（夜夜不相忘）！
　　（期待春花開，能將夙願償，
　　滿庭花簇簇，添得許多香。）

　　從原著來看，此詩較像改良品種的打油詩；每句五字、押韻不規則，新舊體混合，頗像胡適本身夾在那個時代的感覺。

　　此詞字義簡單，表面上描述的是閒情逸致、養花蒔草之情，但深一點來剖析，似乎又暗示：在生命運途中偶遇戀人、陷入熱戀、小心仔細地維護著愛情、最終能修成正果的期待。這詩詞中所隱藏的細膩呵護、顯現出來的期盼與酸苦，或許是胡適不得不的曖昧吧？

延伸資料：

胡適紀念館：台北市南港區研究院路二段128號，中央研究院院內。

唱過〈蘭花草〉的歌手，在不同年代有不同的詮釋，以下為歌手跟專輯名稱：陳奕迅《拉闊音樂會》、秀蘭瑪雅《Never Love Again》、葉蒨文《Inside Out》、 銀霞《群星會44》、萬芳《答案》、芝麻龍眼《民歌往事》等。

一首最浪漫的
道別詩

　　不管喜不喜歡新詩，總會知道徐志摩這個名字，一般人搞浪漫時也會肉麻地說「輕輕的我走了，正如我輕輕的來」，這首寫於1928年至今有八十歲歷史的「老新詩」，對新新人類而言，還是夯得很。自問世後，它被譜成不同版本；近數十年來台灣所熟悉的那個版本則有包美聖、黃大城、張清芳，乃至SHE、林宥嘉等人唱過或改編為不同音樂形式。廣為傳唱的效力，加上台港澳、內地、新加坡等各處的中學課本亦多選入，〈再別康橋〉等同為徐志摩形塑成一個布爾喬亞的浪漫詩人。大家都忘了徐志摩早期慷慨激昂、憂國憂民的憤青模樣；他可是在十三歲以文言文寫「論經濟救國」論述，發表於報刊的天才呵！

　　〈再別康橋〉影響後人對他的形象甚鉅，但康橋是哪裡呢？就是英國劍橋。一如佛羅倫斯被徐志摩譯成翡冷翠，彷彿給人更多色彩與質地的想像。徐志摩三次到劍橋進修或旅遊，他對此地特有不同的感受。他曾撰文說：「我的眼是康橋教我睜的，我的求知欲是康橋給我撥動的，我的自我意識是康橋給我胚胎的。」

除了第二次以旁聽學生停留七個月，其他兩次停留造訪，不過每天散散步、划船泛舟、騎鐵馬、抽煙、訪友、下午茶、看閒書，甚至只跟英國女詩人曼殊斐兒談了二十分鐘，卻在心中留下不可抹滅的愛慕。

故1928年最後一次離開時，他深情地寫下這首詩致念；遺憾的是，離別不捨的詩句，竟預告他再也無法重返劍橋。三年後，徐志摩死於空難。詩中的揮手姿態，讀者自行轉換為揮別戀情、生命、故鄉、異地、友人……等等對象，成為最浪漫的一首道別詩。以下為此詩改編成歌的詞文：

輕輕的我走了　正如我輕輕的來
我輕輕的招手　作別西天的雲彩
那河畔的金柳　是夕陽中的新娘
波光裡的艷影　在我的心頭盪漾
軟泥上的青荇　油油的在水底招搖
在康河的柔波裡　我甘心做一條水草
那榆樹下的一潭　不是清泉　是天上虹
揉碎在浮藻間　沉澱著彩虹似的夢
尋夢　撐一只長篙 向青草更青處漫溯
滿載一船星輝　在星輝斑斕裡放歌
但我不能放歌　悄悄是離別的笙簫
夏蟲也為我沉默　沉默是今晚的康橋
悄悄的我走了　正如我悄悄的來
我揮一揮衣袖　不帶走一片雲彩

　　跟原詩略有出入，但意念仍相同；夕陽的雲彩、流動的水草、稍縱即逝的彩虹、星空裡的哀歌與蟲鳴，都凸顯了濃濃的離別愁緒，而這些事物的指涉，最後也指向了詩人一生傳奇落幕的悲劇。

美麗島的故事

　　有些文字、歌曲、圖像藝術在歷史的大河流動下，一個不可知的轉彎，觸礁、停泊，它原本的意義忽然被改造、扭曲而誤解，變成一個有多方折射面貌的符碼。「美麗島」這個名詞，即是這麼一個乖戾的例子。

　　「美麗島」不只是政治符號的、也非某個政黨的流派，它原來是一首歌頌台灣的詩，由已故的台南女詩人陳秀喜所作，後來被引發第一波本土民謠的梁景峰改寫部分，作曲人則是在1976年點燃校園民歌運動火種，可惜隔年卻因救溺而遭滅頂的李雙澤。最先原唱者也是這早夭的熱血漢子，後來經胡德夫、楊祖珺的傳唱，偶然在一個黨外雜誌的取名討論中，這三字便有了日後歧義的表徵：《美麗島》雜誌、「美麗島」事件、某黨「美麗島」派……許多人反而不知道它是一首具有喚醒對土地、歷史熱情的詩歌。

　　在國民黨實施戒嚴時期，新聞局禁止這首歌的理由是「主張台獨」。今日，讓我們來重新閱讀這首詩詞，看看它是否有任何

政治內涵：

> 我們搖籃的美麗島　母親溫暖的懷抱
> 驕傲的祖先們正視著　正視著我們的腳步
> 他們一再重複地叮嚀　不要忘記　不要忘記
> 他們一再重複地叮嚀　筚路藍縷　以啟山林
> 婆娑無邊的太平洋　懷抱著自由的土地
> 溫暖的陽光照耀著　照耀著高山和田園
> 我們這裡有勇敢的人民　筚路藍縷　以啟山林
> 我們這裡有無窮的生命
> 水牛　稻米　香蕉　玉蘭花
>
> ──原收錄於《李雙澤自彈自唱集》

　　詩中以台灣島在大海的意象，化為母親的懷抱、成長的搖籃，提醒後世的我們，行事要正派，每一步我們都踏在祖先未完的夢想中，現在的安康大道是前人血汗所開闢出來的，後代要珍惜並且以行動更榮耀這塊土地，台灣土地上的人民多麼勇敢、有骨氣，我們好好對待台灣母親，這母土就會回饋滿生命力的美好萬物。我這樣解釋此詩，有任何台獨思想嗎？還是我的腦袋比較不一樣，看不出它的意涵具有分裂台灣族群、或別具深意的政治立場？感覺上，還比較像呼籲環保意識的詩呢。

　　2005年胡德夫剛出版生平第一張專輯《匆匆》，我恰好受邀到台東跟詹澈主持詩人節活動，那次有詩人鄭愁予、管管、陳義芝、陳黎、陳育虹、胡德夫、徐慶東、林韻梅等人參加。晚上我跟鄭愁予、胡德夫忼儷、詹澈等溜到朋友開的藝文餐廳，一群人

Photo by onon

　　喝比利時啤酒、聽胡德夫唱歌，當他又彈起〈美麗島〉的前奏，
我們都靜默了，在台東的星空中……

　　那一晚的歌聲中沒有政治、只有感動；那是結合多位詩人、
音樂家的故事，所給予我這個後輩跟台灣人，一個特別的禮物。
那時有種彷彿是幫我過生日的感動。看著坐在身邊的鄭愁予、詹
澈、管管，彈著鋼琴唱出美麗詩歌的胡德夫，我濕潤的眼神遙遙
對迎著墜落的流星。我私心把那一夜當作是身為詩人的慶生會。

　　2008年溼冷的台北春季，我聽的是楊祖珺《關不住的聲音》
專輯中的版本，卻讓我感覺體內的血液沸騰起來，那溫柔中帶著
女性的叮嚀、命運的柔韌，當然更因為呼應唱者楊祖珺的形象，
所以才讓我邊聽邊感慨。楊祖珺學生時期不過是個在西餐廳演唱
西洋歌曲，賺取打工費的年輕女子，後來因接觸到李雙澤，以及
島內「本土意識」崛起的影響，投身社運、女權運動、公益活

動、並寫作紀錄己身的轉變，成為一名劍及履及的社運俠女。或許是這樣的經歷，她演唱的〈美麗島〉帶著母親溫柔的叮嚀、激昂之處有長輩教誨後世的期許。比較胡德夫藍調式的自彈自唱，兩者有不同的感受。

浸淫在此歌的氛圍中，我只想讚聲「啊，我們美麗的寶島呀！」

延伸推薦：

胡德夫《胡德夫　匆匆》2005年，野火樂集。有關台灣校園民謠的風起雲湧，可參考本專輯所附吳音寧的文字撰寫。

楊祖珺《關不住的聲音》2008年，大大樹音樂圖像。有關「美麗島」與李雙澤的事，此專輯收錄的楊祖珺自序，有更多詳細的敘述。

不僅僅是
詩人余光中

當年羅大佑以低沉歌聲唱出：「給我一瓢長江水呀長江水，那酒一樣的長江水，那醉酒的滋味，是鄉愁的滋味……」我們的鄉愁是中國山水，而今，「鄉愁是無毒的世界、安靜的社會、沒有暖化跟污染問題的地球。」殷正洋在余光中八十大壽的慶生會上，給予〈鄉愁四韻〉新的詮釋。這天，他抱著吉他還唱了楊弦作曲的〈民歌手〉，勾起大家憶起，那個屬於詩與歌的燦爛年代。

　　給我一張鏗鏗的吉他　一肩風裡飄飄的長髮
　　給我一個回不去的家　一個遠遠的記憶叫從前……
　　江湖上來的該走回江湖　走回青蛙和草和泥土
　　走回當初生我的土地　我的父，我的母
　　我是一個民歌手
　　歲月牽的多長　歌啊歌就牽的多長

多少靴子在路上，街上多少額頭在風裡，雨裡

多少眼睛因瞭望而受傷　我是一個民歌手

我的歌，我涼涼的歌是一帖藥

敷在多少傷口上……

　　余光中的詩以最簡單的斷句、講求聲韻跟音樂性的表現，使人唸他的詩作時，容易感受到漢字的音節起伏、聲韻強弱，因此常在詩歌朗誦比賽中，表演其作品所蘊含的聲情。這點，音樂人早在四十年前就發現了。

　　楊弦、羅大佑、李泰祥等人，感動於余光中詩裡的情感，透過譜曲傳唱，這些經典合作不僅在台灣流行一時，目前看來，余老「與永恆拔河」的創作企圖，應該使時間為他讓步、挪位，一條「余光中大道」已在華文史上開闢成立。

　　這位右手寫詩，左手寫散文，還兼寫評論與翻譯，看來溫文的書生，他也是台灣早期介紹西方搖滾樂的推手之一。所以余老寫〈民歌手〉，有那麼一點師法巴布迪倫、披頭四、鄉村歌手的「當下生活，唱生活的歌」，吟哦個人對環境的感悟。

　　回到1970，知識份子唱的是西洋歌、腦子想的是出國，老百姓則投入經濟起飛的奮鬥，政治上充滿肅殺氣氛，普羅大眾的情緒出口在哪裡呢？何以沒有一首歌貼近我們的語言、道出我們的生活、體現這時代的悲喜之歌？

　　那聲音終於出現。余老化身民歌手，唱著以為再回不去的故土鄉愁、唱著對土地與歷史的惆悵、唱著一個文學先知的寂寞，踽踽獨行在眾人的前頭。於是，就像吹笛人的魔音，喚起了後來

的追隨者，一路被他的詩文跟精神，來到漢字壯麗無垠的海岸。不僅因為他是大詩人、文豪、一代宗師，八十歲的他還舉起捍衛華文的大旗，引領我們跳下文字汪洋，快樂而無畏地泅游。這位民歌手、華文教育的旗手、詩壇祭酒，余光中不僅僅是詩人而已！

因為風的緣故

洛夫、莫凡
共譜傳唱詩歌

　　一首詩的生命有多久？幾千年或五分鐘？詩的傳播在不同世代有它的天命，而舞台的環境也造成詩壽命的長短。古早以人的聲音作為一種宣告，到現代的多元媒體、網站所展現資訊面的鋪天蓋地，人類擁有一首詩的時間長度，反而越來越短了。比之古人在心中沉澱對文字的美感，相較於現代人的快速吸收，詩的聲音表現還是最直接的方式。

　　早年因《石室之死亡》奠定台灣超現實大師的洛夫，詩風凝重有力，充滿意象的流動；中晚年逐漸靠向禪佛哲思，詩句有另一種輕盈而能博大的張力。洛夫的名詩很多，像〈金龍禪寺〉、〈午夜削梨〉、〈大悲咒〉、〈邊界望鄉〉等詩被收於全球各地的華文課本，而〈因為風的緣故〉則見於台灣的中學國文課本，並引發許多人的討論與研究，算是洛夫最著名的一首詩了。其實這是一首情詩，創作背後還有令人莞爾的小故事呢：

昨日我沿著河岸
漫步到
蘆葦彎腰喝水的地方
順便請煙囪
在天空為我寫一封長長的信
潦是潦草了些
而我的心意
則明亮亦如你窗前的燭光
稍有曖昧之處
勢所難免
因為風的緣故

此信你能否看懂並不重要
重要的是
你務必在雛菊尚未全部凋零之前
趕快發怒,或者發笑
趕快從箱子裏找出我那件薄衫子
趕快對鏡梳你那又黑又柔的嫵媚
然後以整生的愛
點燃一盞燈
我是火
隨時可能熄滅
因為風的緣故

在抽象的比喻下,洛夫的情思從日常散步起始,於俯仰天地

之間憶起了戀人身影，所以看到煙囪吐著白煙，便轉念那是他寫給對方的情書，如此巨大獨特，且無法隱藏自己的愛意了。接著述說兩人之間還處於曖昧難明的階段，倘若戀人無法理解詩人的心意，那

就怪風把這心情告白撩亂的，不是對方的錯。就算如此，詩人仍提起勇氣，邀戀人與他白頭偕老，在生命凋落以前，過平凡夫妻的日子，此時燭火意象是生命、也是愛苗的起滅，命運無常則是寓意為風起風停之故。

　　這首為夫人所寫的情詩（注1），至今已流傳三十年餘，後來在2005年時，由「凡人二重唱」之一的莫凡（注2），譜成了歌曲。猶記得當年莫凡在新竹東大門露天廣場、台北誠品信義店的發表會上，一把吉他帶出清亮的歌聲，眾人癡迷沉醉；我知道〈因為風的緣故〉一詩將長長久久地流傳下去了。

注1： 關於這首詩的創作背景，聯經版的《因為風的緣故》有聲CD詩集，內有作者親自解說原由。2005年8月初版，台北。

注2： 洛夫本姓莫，與妻共生一女一子，取名為莫非、莫凡，其子是華文音樂界知名製作人、歌手，與袁惟仁共組「凡人二重唱」。

詩曲傳奇
李泰祥

　　1941年出生，台東縣阿美族部落的音樂大師李泰祥，一直以來是文藝青年最難忘的聲音，他跟胡德夫、張惠妹同樣來自台東卑南，但在音樂上的出身非常不同，李泰祥是正統音樂科班的血統；藝專音樂班畢業、曾擔任台北市交響樂團首席小提琴、省立交響樂團指揮等，創作題材多元豐富，從管絃樂、音樂劇、實驗音樂、民歌……都有他動人心弦的作品留下。而當初他以新詩入歌，更引發1980年代文學音樂的風潮，形成這個「鐵三角」是：鄭愁予的詩、李泰祥的譜曲、齊豫的歌聲，可說是一頁華文音樂最耐聽的樂章。

　　李泰祥收過幾個女弟子：唐曉詩、錢懷琪、許景淳、齊豫等，聽者對每位演唱者的風格，都各有擁戴的理由，而齊豫以她波希米亞的氣質、縹緲輕揚的天籟氣音，唱紅最多李大師的作品，她的粉絲遍佈華人界，演唱會幾乎場場爆滿。李泰祥的弟子中，齊豫所發行的專輯作品也最多，但若以文學氣質濃厚，歌詞全出自重量級詩人，如鄭愁予、羅門、席慕蓉、李格悌（夏宇、

童大龍）、陳克華等加以譜曲，並聽得出李泰祥刻意轉型的一張
專輯，就屬獲金鼎獎最佳專輯的《有一個人》了。

　　古典音樂出身的李泰祥，早期偏愛氣勢略微磅礡、編制較
複雜的管弦樂，而這張專輯不知是否受到日本喜多郎的影響，他
初次用了電子合成樂來編曲，製造出簡單而又深邃的空靈之感。
尤其是鄭愁予寫的〈雨絲〉，整首樂器簡約到只有鋼琴，卻將牛
郎織女的淒美情節，以鋼琴如泣如訴的水音絃樂，和著齊豫的吟
唱，變成中國情人節最具代表的「節歌」了。這首〈雨絲〉傳唱
的是如此溫柔的遺憾：

　　　　我們底戀啊，像雨絲，
　　　　在星斗與星斗間的路上，
　　　　我們底車輿是無聲的。
　　　　曾嬉戲於透明的大森林，
　　　　曾濯足於無水的小溪，
　　　　那是，擠滿著蓮葉燈的河床啊，
　　　　是有牽牛和鵲橋的故事
　　　　遺落在那裏的……
　　　　遺落在那裏的
　　　　我們底戀啊，像雨絲，
　　　　斜斜地，斜斜地織成淡的記憶。
　　　　而是否淡的記憶
　　　　就永留於星斗之間呢？
　　　　如今已是摔碎的珍珠
　　　　流滿人世了……

　　牛郎織女的苦戀，就像七夕夜裡常會下的雨，只是剎那的美感與浪漫，無法長存；兩人的相思情淚又如雨水般垂落，將天上人間都濡濕了，讓人心生淒美之感。詩境敘述轉接為第一人稱，詩人假借牛郎織女的故事，轉喻「我們／自己」的戀情，想起兩人從前的過往，就像分開之前的牛郎織女一樣幸福，但如今伊人何在？只留我一人在七夕想起，這樣的聚散離合，怎麼跟天上的星子一樣遙遠而悲情呢？那麼就寄情於星空，把這份珍藏內心的情思，像美麗的雨點灑落人間，不復還珍珠般的完整晶瑩。

　　齊豫固然將這首詩樂，唱得婉轉動聽，但李泰祥高亢、清朗唱的〈一條日光大道〉，那歡樂、鼓舞的節奏，亦可一掃人心的陰霾。還沒患帕金森氏症之前的他，歌喉可是達到男聲極限的High C呢！我有幸在2007年，擔任李泰祥和芝山國小的詩樂演出計畫，前製策劃兼音樂會主持人，發現當時患病逾二十年的他，就算跟小孩子合作，仍親自譜新曲、到現場指揮合唱團與樂團，一點也不馬虎。這些年李大師仍陸續有身體不適、住院的情況，但他仍對關心的人說：「我還是跟嬰兒、少年一般，感覺智慧未開。我所知所做的只是一點點，離完美還很早。」輪椅上七十歲的李泰祥，以他的音樂繼續向世界飛翔著。

延伸推薦：

1. 唐曉詩、錢懷琪、許景淳《相遇》
   專輯，(滾石25週年經典復刻系列)，
   2007。

2. 齊豫專輯《有一個人》，滾石，1984。

3. 鄭愁予《鄭愁予詩集》Ⅰ、Ⅱ，有
   分平裝、精裝版兩種，洪範出版，
   2004。

4. 《李泰祥與他的女弟子》雙CD，華特
   國際音樂，1999。

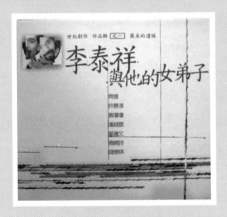

凝聽
土地的聲音

吳晟詩歌集

　　吳晟，這是一個大家非常熟悉的詩人。他的〈吾鄉印象〉、〈負荷〉、〈曬穀場〉等詩不論是經由羅大佑傳唱，還是因為中學國文課本的收錄，吳晟就等同於台灣的鄉土詩。由於他的詩以農村生活為本，不喜花俏多餘的裝飾，讀者很容易感受到他的詩情。不過，不要以為吳晟的作品淺白易讀，就認定鄉土詩都是走此一風格的，那就錯了！

　　我曾跟吳晟老師多次評審文學獎，尤其在中南部的一些評審場合上，我發現很多學子以吳晟為模仿標的，只學得淺白的敘述，卻沒達到「詩意」的渲染氛圍。吳晟跟我寫詩的路數差異很大，但他自己看到讀之如清水平淡的詩作，也不禁要說，詩的遣詞用字無論是前衛的、抒情的，都要讓人有咀嚼回味無窮的詩意，那才是詩和散文最大不同的地方呀。所以，吳晟的詩才能讓眾多音樂人找到契合點，多年來詩歌合作不斷。

　　最近由「風和日麗」製作的兩張吳晟作品專輯，一張《吳晟　詩‧誦》由吳晟親自朗誦，吳志寧與所屬地下樂團「929」

配樂。另一張純音樂《吳晟　詩歌集》創作者就包括了胡德夫、陳珊妮、張懸、濁水溪公社、交工樂隊主唱林生祥等人，將吳晟的詩作譜曲、寫歌、演唱，包裝繪畫是漫畫家傑利小子，以仿木刻描繪吳晟一生詩作的意念，共同完成這一套音樂有聲書。

而製作人是吳晟的么子吳志寧。吳晟的三個子女也很有趣，大兒子從醫也寫小說和畫畫、女兒吳音寧搞社運兼寫報導文學、小兒子搞地下樂團，完全顛覆大家對他家教養應有的保守觀念！真是「一樣米，飼百樣人」。

朗誦那張專輯，聽來有吳晟濃濃的鄉土情感，尤其難得聽到他以無奈、憤怨的口語說出粗話，還真有點震撼。至於音樂那張實在叫人吃驚，你可以想像幫夏宇譜曲的陳珊妮，居然將〈秋日〉一詩譜成帶有北歐迷幻電子搖滾的音樂嗎？

> 不是什麼豪情
> 也不想結什麼果子
> 秋日的蘆葦
> 就這樣遼闊地開放著花
> 不是什麼纏綿
> 也不為了溫柔給誰聽
> 曠野的一灣流水
> 就這樣恬淡地潺潺著歌
> 不是什麼盟誓
> 也無意書寫下哪一類誓言
> 河心幾行秀氣的雲
> 就這樣閒雅地款擺著　步子

東西南北任情遨遊的風
每一陣來，每一陣去
都隱隱透露出
那是傳說已久的模樣
自有秋季以來，即已如是

　　不管我聽了幾次都覺得很酷。除了對吳晟的詩有了新感受，
更讓我對陳珊妮製造詩意以外的空靈，享受到音樂的歧意樂趣。
還有張懸、林生祥等人的譜曲，我也很甲意。原來，土地的聲音
也可以如此豐富、新鮮呢！

豪邁的滄桑

席慕蓉的出塞曲

　　提起塞外風光，一般人會想到「天蒼蒼、野茫茫，風吹草低見牛羊」的遼闊，然而真正去過內蒙古，才能體驗到人在大自然的雄偉與孤獨。那是一種向天地謙遜共存的姿態，敬天畏地的同時，人也展現了生命的堅韌；看著遊牧民族的臉，不論小孩、老人、男女性，我都會幻覺他們是肉體的花或樹，在豐美的草原、貧瘠的山麓、單調的平野、乃至都市化的呼和浩特市景裡，游牧兒女的紅臉或茶色的面目，都是一朵朵歷經風雨的花卉。

　　美麗的滄桑、隱藏起來的豪氣自傲，兩種氣質凝聚而成的單純愁容，使我好奇，這到底是一個怎樣的民族？或許答案就在由席慕蓉詩作改

作者與席慕蓉、蒙古友人合影於台北，2011年5月

編，蔡琴唱紅的〈出塞曲〉歌詞裡：

> 請為我唱一首出塞曲
> 用那遺忘了的古老言語
> 請用美麗的顫音輕輕呼喚
> 我心中的大好河山
> 那只有長城外才有的清香
> 誰說出塞歌的調子太悲涼
> 如果你不愛聽
> 那是因為歌中沒有你的渴望
> 而我們總是要一唱再唱
> 想著草原千里閃著金光
> 想著風沙呼嘯過大漠
> 想著黃河岸啊　陰山旁
> 英雄騎馬壯　騎馬榮歸故鄉

　　游牧民族的「史記」，是一代代傳唱下來的一首歌謠，融合了民謠、史詩、口述歷史的功能，每隔幾年就得將新進發生的大事，譜寫加入原有的傳唱裡。我結交的蒙古女詩人額魯特珊丹，她的散文詩就繼承了此一傳統，雖不知如何以漢語來吟誦她的詩句，但每每讀她的博客文章時，不論散文或詩篇，珊丹用情之深摯，幾乎能從字面上透過文詞韻律感受得到。

　　向來以浪漫抒情著稱的席慕蓉，無疑也是這樣的蒙古書寫者。當初寫這首詩的年代，席慕蓉還未有返鄉的經歷，所以，她用「遺忘了的古老言語」暗喻游牧傳唱的式微，「顫音」則是游

牧音樂中特有的抖音，在此也可說是因悲傷而哽咽，呼應後面的悲涼曲調之說。

這首歌詞中含有更深一層的意念，將漢民族的中心優越意識，給刺痛了一下。首先，為「我」而唱的「隱形歌者」，能用古老蒙語唱《出塞曲》，其中「如果你不愛聽」的「你」，是因為不習慣邊疆文化性格中的悲涼，當然，亦可能想到漢族在歷史上，多次被游牧民族入侵的創痛，因此歌中沒有你所「渴望」的異族豪邁。但身為成吉思汗的後裔，骨子裡哪能壓抑奔放、征服遠方的基因？這首《出塞曲》，也就在悲涼與豪氣的兩相撞擊下，成就了一首新的遊牧傳唱之歌。席慕蓉多次返鄉，此曲亦傳遍蒙古草原，算是詩人榮歸故鄉的成就之一。

延伸推薦：

額魯特珊丹的蒙古部落格http://blog.sina.com.cn/s/blog_521311270102ds32.html。

音樂史詩

黑色羅大佑

　　詩歌本一家，為何新詩與歌又分家？吟唱與朗誦又有什麼分別？

　　回答這些疑問，就像是解答「先有雞還是先有蛋」一樣。但「詩入歌」並不是現代才有的事，而是古早以前就存在的；知識不普遍的時代，為了口傳政令、宣導事項、流傳事件，擁有特殊編纂民謠的人，大多是巫覡之輩，或是貴族跟高級知識份子，於是演變成「語文」帶著唱腔，方便傳達者的記誦跟聽者的接收度，乃逐漸又變化為「韻文」、古代「樂府」的雛型。

　　《詩經》、《楚辭》、《漢賦》等古文，大抵都是韻文的流變，也算是唐詩宋詞跟現代詩的祖先。詩歌原來一家親，只是經過近代文體的細分、「新文學」也就從中國傳統的章回小說、詩詞、聲樂、元曲、小品，脫胎為現代小說、新詩、音樂、戲劇、散文。

　　詩與歌的整合，近一點的「再革命」要從1970年代說起。這次的詩歌合作，是以現代人寫的新詩為「入歌」主軸，不再是

傳統樂府，完全是嶄新的創作，反映了那個時代的社會內涵。關於這第一波音樂人楊弦、胡德夫、李雙澤等人引發的「唱我們的歌」運動，可詳看馬世芳所著的《地下鄉愁藍調》。我則偏向選擇個人意識表達鮮明、歌詞與詩人合作、或偏向詩化的音樂人來介紹，藉以突出文學跟新詩，作為音樂創作不可或缺的基因。

從出道即以黑衣黑褲裝扮，歌詞充滿人道、聲音粗軋甚至有點壓抑的「黑色羅大佑」，他創作也經手合作了許多膾炙人口的詞曲，比如〈童年〉、〈鹿港小鎮〉、〈之乎者也〉、〈戀曲1980〉、〈亞細亞的孤兒〉、為名詩人余光中〈鄉愁四韻〉、吳晟〈吾鄉印象〉、鄭愁予〈錯誤〉等譜曲。不過這首〈穿過妳的黑髮的我的手〉，是我在國中時期就喜歡的歌曲：

> 穿過妳的黑髮的我的手
> 穿過妳的心情的我的眼
> 如此這般的深情若飄逝轉眼成雲煙
> 搞不懂為什麼滄海會變成桑田
> 牽著我無助的雙手的妳的手
> 照亮我灰暗的雙眼的妳的眼
> 如果我們生存的冰冷的世界依然難改變
> 至少我還擁有妳化解冰雪的容顏
>
> 我再不須要他們說的諾言　我再不相信他們編的謊言
> 我再不介意人們要的流言　我知道我們不懂甜言蜜語
>
> 留不住妳的身影的我的手

　　留不住妳的背影的我的眼
　　如此這般的深情若飄逝轉眼成雲煙
　　搞不懂為什麼滄海會變成桑田
　　穿過妳的黑髮的我的手

　　全篇以小我的情愛串聯始終、前後呼應，一轉，切到批判社會（大我）環境的不公與冷漠，是一首詞藻美麗、意念卻十足滄桑的詩歌。尤其「的」字的穿插、疊用，光是用唸聲來感受，本就有一種轉折、停頓的音效，而「的」意味著「所有格或聯繫詞」，也必須在唸的時候與前後「主詞」、「受詞」有所切隔。在字句詞態上的運用，當時算是很文藝腔、也具實驗性的大膽表現。

　　羅大佑的佳作很多，尤其常在關鍵之年推出貼合時事的作品，發出知識份子的批判之聲；論觀他從1980至今出道的成就，已是一個以音樂來寫史詩的大師了。

延伸推薦：

1. 羅大佑《青春舞曲》，滾石發行，國語專輯，1984。
2. 馬世芳《地下鄉愁藍調》，時報出版，2006年11月。

路寒袖的女人詩歌

潘麗麗的《畫眉》

　　如果說，這二十年來台灣最重要的台語詞人，既遵循台語老歌的「俗雅」與「淒美」，又能表現新時代變遷的人世情感，那應該就是詩人路寒袖所寫的一系列歌詞了。尤其他為身兼歌仔戲演員、歌手的潘麗麗，於1994年策畫執寫整張專輯的《畫眉》，更稱得上是台語專輯中具有主題意識、別具另類精神的經典作品。

　　我曾介紹路寒袖在音樂詞界一炮成名的〈春天的花蕊〉，詞淺易懂，卻又流露出詩意特有的轉喻技巧。而《畫眉》被評說是少有的女人戀愛史、台灣新好女人意識形態，並形塑潘麗麗為剛柔並濟的歌藝人，其人生如戲的愛情故事也透過歌詞，傳唱成嶄新的「台灣阿信」或是當代苦命鴛鴦的「牛郎與織女」。因為潘麗麗與前夫的堅強互持，兩地為家為愛的奮鬥過程，感動了路寒袖，於是他不同於一般專輯隨機「撿歌」，或企劃式的「選歌」模式，改以潘麗麗夫妻的苦戀情節，綴連出《畫眉》每首歌的意境。並由女主角本人灌唱，自然流洩出一種哀愁婉轉、蕩氣迴腸

的韻味。

　　這張專輯幾乎首首歌詞皆是詩意與故事結合的溫暖，藏有一股渲染力，直教有情人動容。我就先賞析獲得第六屆金曲獎最佳方言作詞獎的〈畫眉〉，括弧內是普通話翻譯：

　　　　天星伐過（掉落）小山溝
　　　　伊的影綴（隨）著泉水流
　　　　流到咱兜（我們家）的門跤口
　　　　咱捧著星光淋落喉（喝進喉嚨裡）
　　　　啊　冰冰涼涼感情相透
　　　　雲為山咧畫目眉　有時淺淺有時厚厚
　　　　雲雖然定定（常常）真賢（會）走
　　　　山永遠佇遐（在這裡）咧等待
　　　　啊　兩ㄟ註定作伙到老（這兩者注定一起到老）
　　　　我是雲　汝就是　汝就是彼座山
　　　　顧著汝驚汝受風寒
　　　　我畫目眉汝斟酌看（我畫眉時，你對我細細看）
　　　　逐筆（每一筆）攏是海礁石爛
　　　　啊　一生汝是　汝是我的心肝

　　路寒袖發揮詩的摹寫、情意的轉借，以天上流星劃過山澗，一路流到主角家中門口，女子手捧山泉飲入喉，那冰涼透心的感覺彷彿是兩人情意相通。之後轉「山」為男主角的形象，「雲」為女子；雲在山間湧動變化，雖有時淡淡攏靠、有時厚厚堆積，但兩者卻形影不離。

這也是路寒袖在詩中喜用的大自然印象，比如星光、花蕊、日月、山水、雨……等等，對比出堅強忠貞、溫柔韌性的男女善美特質。

台語歌曲普遍給人俗艷、要不就是酒家味、失戀苦情、思鄉的「台客」調調，自從路寒袖的歌詞出手之後，或許就像〈春雨〉寫的：「是怎樣春花就要望露水，愛人沒來，失望路燈，冷冷淡淡看一生，心門啊，若是關要開據在伊。」對啦，要唱好歌歹歌，隨在人啦！

延伸資料：

演戲二十多年的潘麗麗，終於在2008年以公視的人生劇展《艾草》，獲得她生平第一個戲劇獎——韓國首爾電影節最佳女主角。常跟路寒袖搭檔編曲的製作人詹宏達，兩人是高三同班同學。而他們應水晶唱片之邀，合作潘麗麗首張專輯《春雨》時，才又重逢，自此展開長年的音樂與詩合作。〈春雨〉一詞，當初刊在中國時報「人間」副刊，是路寒袖發表的第一首台語詩。

詩人終於變歌手

陳克華的跨界與蛻變

　　台灣的醫界好像盛產「音樂人」，像是被譽為「台灣四百年來最好的音樂家」蕭泰然出身醫生世家、一身黑衣黑褲的羅大佑、浪漫多情的張洪量，還有一位眼科的詩人陳克華，都是握過手術刀之後，卻被音樂的澎湃激情深深吸引，於是彈鋼琴、刷吉他、抱大小提琴、不然就是把歌詞當成詩來寫、或把詩譜成曲，最終出版個人專輯，成為專職的音樂人或藝人。

　　這其中最慢發行個人演唱專輯的，要算是早就以〈沉默的母親〉得到金鼎獎最佳歌詞獎、幫蘇芮、齊豫（〈九月的高跟鞋〉）、蔡琴（〈蝶衣〉）、王芷蕾（〈台北的天空〉）等名歌手寫詞的醫生詩人，陳克華。

　　十六歲就被瘂弦發覺天份，並在聯合報副刊專門介紹的陳克華，是一個才華早發的文學家。他寫詩、散文、極短篇、劇本、畫畫、攝影、小說，對於視覺與聽覺上的感受度，有非常敏銳且獨到的美學觀點，往往以一介業餘身分卻能達到專業水平。近年來他已經開過多次的個人攝影展、畫展、導過舞台劇……但最令

他高興的則是首張音樂專輯《凝視》，於2006年秋季發行。我就
跳過那幾首早已耳熟能詳的名歌吧，那些歌詞的意境，是眾人在
歌唱中能感動於文字的情境；而《凝視》畢竟是陳克華自己的作
品（自寫、自唱、自誦），他所挑的作品完全是詩，再請音樂家
譜成曲，文學性更純粹。這首〈拭淚的樹〉，是他個人很喜歡的
一首詞詩：

> 你哭了。我確信　淚光只有一瞬
> 但我已為你遞來　拭淚的樹皮
> 是的，多麼蒼老而粗糙
> 你用它擦紅了雙眼，揉破了眼眶
> 但是我沒有看見淚。淚是枝頭紛紛的露珠
> 淚是盈盈湧動的河海
> 淚在浮雲行走的天空
> 淚在種籽睡眠的地底
> 「我明白了，因為你的悲哀原來有這麼大，這麼廣闊」
> 而你說：不，一切只因為樹皮如此傷人……
> 但你離去時　說要向樹說一聲　謝謝。

　　看完這首詩，我們會好奇完全不押韻的文字如何譜成音
樂，這不是在挑戰音樂家的功力嗎？先唸唸看吧，感受一下寂寞
的人以淚水灌溉樹的詩境，並且同時透過聲音發現，陳克華這
首詩的尾字，大多是輕音字（了、信、瞬、來、皮、淚、海、
人……），加上又是描寫寂寞的相依心情，傳遞給讀者一種療傷
的溫暖，所用的文句不會太強烈激昂，先天上也就給譜曲人便

利，調性差不多就定下來了。其實我們在寫詩的那一刻，遣字用句隨著情感的流動，早已決定這首詩的成敗。一個詩人若在作品完成之後，從來不曾唸誦出自己的文字，重溫裡面的情緒，對作品少了這一道情感表達的檢驗，我想那首詩也不會感動其他人了。《凝視》是陳克華跨界的作品里程碑，推薦給大家聽聽、看看。

延伸推薦：

1. 陳克華《凝視》音樂專輯，巨禮文化事業有限公司，2006年。
2. 齊豫《敢愛》中文個人聲音自傳；1978-1990年。滾石出版。1994年5月。

浪漫情種
張洪量

　　台東是我很喜歡的旅遊勝地之一。春雨綿綿的台北，搭火車或飛機，轉過宜蘭，陽光跟大海就等在那裡，有時在飛機上還能幸運看到彩虹、夕陽、綠島；就算沒有這些景緻，花東的山勢可壯心胸、海的寬闊可養度量。去了東部，詩人畫家音樂家哪能不留下作品的？

　　張洪量和羅大佑一樣，都是醫生樂人，而且質與量皆佳，也是我閱讀、寫稿時常聽的背景音樂。張洪量的斯文裡有一點頹廢、偏執裡又有一些無所謂的落魄、憤慨激昂中又能發現無限柔情，或是強烈的正義感。這一切音樂特質，像是專為天秤座的人量身訂做的。

　　浪漫如紅遍兩岸的〈美麗花蝴蝶〉、〈罪人〉、與莫文蔚合唱的〈廣島之戀〉、〈你知道我在等你嗎〉、〈心愛妹妹的眼睛〉，取樣原住民音樂並加以實驗激盪的〈領袖〉，探戈味道十足的〈舞蹈〉、〈夢在東海岸〉、諷刺政治人物的〈老子有理〉，其他揉合中國樂風、爵士、國標舞音樂、搖滾，乃至原創

的交響樂、影像音樂……他的樂風多樣而饒富興味,最重要的是詞境耐人尋味,好聽入心,是可以讓人從音樂裡兼得文字意念的作品。

張洪量自創詞曲的〈刺青〉,就有那種任性的深情意味:

> 如果不是受到挫折　又怎會停止說溫柔的話
> 分開多時陌生戀人臉孔　總像冬天海水一樣冰冷
> 終身的污點是美麗的刺青
> 有個壞的遭遇　也好過重覆平淡無奇的一生
> 能夠感受到戀人的存在　人生就該沒有遺憾挫折
> 長痛比短痛　浪漫
> 一時衝動說的氣話　比考慮多時的甜言蜜語來的真
> 拒絕成熟才是一種可以自己掌握私有的幸福
> 把秘密深藏在心中的折磨
> 比把它變成謠言的虛榮更加的享受

我總在介紹時說,這是一首「撒旦的歌」,因為他要人選擇長痛、受愛的折磨、拒絕成熟,而且一生污點加上傷痕累累,也沒關係。這首詞寫得很美,雖帶有反衛道、去正經的意思,其實張洪量是希望人人痛快去活、表達自己的情感,就算受傷、受挫,至少能留下遺憾的浪漫、學習承擔問題與放手過去。

慢板的〈夢在東海岸〉,則是我心情不好時,會反覆聆聽的一首歌,也是我在東海岸旅遊時,心裡會自動不斷播放的襯樂:

> 還眷戀美好舊時光　你我的東海岸夜晚

漫漫的長路　遙遙的旅途　營火使我們溫暖

像遠航漁船想靠岸　我是海上點點歸帆

風景已忘了　把你記最牢　回憶像美麗的浪

今夜星星依舊明亮　空氣中有你的髮香

滿載我的期盼　希望今晚像那晚

我的夢航行在東海岸

　　歌詞寫的簡單，卻帶到了時空背景、氣味、回憶與現實的穿梭、期待感。這首詞前兩段對仗、以8、8、5、5、7字句呈現，字尾聲韻幾乎沒有重複，可是唱起來就是順柔，配合「張氏氣音」獨門唱法，就是超級浪漫的情歌。

　　詩人多情，那麼張洪量就是台灣的音樂詩人。他寫的歌詞比很多所謂的詩人，精準又饒有創意多了。想寫好情詩，就聽張洪量；不能去海邊時，聽聽〈夢在東海岸〉吧。

延伸推薦：

1. 張洪量國語專輯《老子有理》，寶麗金，1995年。

2. 張洪量音樂作品輯——真實情歌故事《情定日落橋》，滾石，1997年。

滄桑醉人是陳昇

　　中年是什麼味道？我老公說是，男人的體臭越來越明顯了。是的，人過了四十歲，就不免變成「臭男人」跟「歐巴桑」了。而我則是越來越常聽陳昇的音樂，浸泡在屬於中年才懂的滄桑風情。

　　陳昇不是年輕耳朵愛聽的，因為他的歌詞跟曲調，都充滿對消失的過往，悲傷而懺悔的回眸，那是經過人世風雨的心，才能容納與感受的情感醺醉。

　　二三十歲聽陳昇，喜歡他反叛朝九晚五的生活、男女情愛的沉溺跟追悔、異地流浪的自我放逐；中年再聽陳昇，同樣的歌曲和情境，卻沉澱出更深層的悲涼，有種被了解、被他的歌「刺到」的體己感。若說以前有點像跟朋友喝雞尾酒，打發無聊夜晚的心情，現在卻像獨自喝著陳年威士忌，獨自消磨困惑的人生難題；而他的歌，於我就是一種自問自答的解說。

　　那民謠式的直接嘲諷、三八幽默，或一把吉他彈奏的抒情歌、時而哭腔的吶喊，都有我可以追索尋味的隱情，溫柔如一副可靠的肩膀，伴我私下懷傷流淚、自我療癒的密伴。

　　重聽陳昇特別有感的是〈路口〉，這才驚訝地發現，作曲人是亞洲影壇大帥哥金城武。兩個當初還年輕的人，或許是在影視圈的複雜，讓他們對於愛情的來來去去，有這樣曖昧的詮釋：

> 曇花在夜裡綻放　靜靜的像在訴說
> 在夜裡忽然想起了什麼
> 當我們必需遺忘
> 習慣於宿命過往
> 生命就不再是恍惚年少
> 你我相逢在迷惘十字路口
> 忘了問你走那個方向
> 也許有天我擁有滿天太陽
> 卻一樣在幽暗的夜裡醒來
>
> 雁子回到了遙遠的北方
> 你的面孔　我已想不起來
> 別問我　生命太匆忙
> 夕陽淹沒　就告別了今天
> 你的名字　我已想不起來
> 別怪我　生命太匆忙

花朵在夜裡歌唱

豈只是想起昨天

莫非是因為歌的旋律有你

我沒有好的信仰

腦子有綺麗幻想

在生命歌裡　將一無所有

我不害怕　人生何其短

但是我恐懼一切終必要成空

時光的河　悠悠地唱

告別了今天仍不知懺悔　（中略）

你在記憶中走過了一回

歲月寂寥　因有你而喜悅

別問我為什麼流淚

你的眼淚是遙遠的星光

卻在寒夜裡輕喚我醒來

別問我　不曾挽回

　　人生的留去宛如花朵，眼下的珍惜還變遺憾，多情者總比人多一些藉口去攀緣、發生情事、之後遺忘、最後追悔；這就是陳昇所唱的「中年期選擇性無聊的後悔」。但每每聽這首歌，仍舊被觸動；只因我知道，隨著年紀日增，我所儲藏的印象將被自己的情感重新闡釋、扭曲、可能終將變成另一個遺憾。有這種心態時，我是否就認知了自己再無可能「變身」、「進化」的機會？

　　路口是每個機會的展開，然後因著轉彎而不見眼前風景，轉來另一情境中。轉彎多了之後，陌生地亦感覺熟悉，而相遇過的

人卻變成陌客。這模糊的界線就像醉酒，已經不知直走還是拐彎了。陳昇的嗓子帶著我，一起體會中年的滄桑醉人，而不是只有旁邊臭男人的體味，伴著我而已……

延伸聆聽：

1. 陳昇《六月》，滾石，1997。
2. 陳昇《陳昇的情詩》，滾石。

新古典意象詞人
方文山

　　全球掀起中文熱，似乎應證了預言「21世紀是中國人崛起的時代」。從時尚裝扮、功夫、宗教、哲學、中醫、漢方養生、乃至影視娛樂圈越來越多的東方面孔，都告訴世人這時代已經來到大家的眼前。而台灣這幾年的「去中國化」，將基本12年國教的傳統經典詩文、書法課、論語等大量刪減，恰與全球的學習趨勢反其道而行，實是叫人傷心、不解。

　　還好，民間的讀經班、中國書畫等藝能方面的課程學習，仍吸引許多愛好者參加。筆者曾在三重圖書館開辦「詩詞樂府吟唱班」，以唐詩宋詞樂府教唱、輔以介紹現代流行音樂中的好歌欣賞，竟也超收一倍以上的學員來學習。不論是想重溫詩詞之美、或打好國學基礎、培養本身對抽象思維的訓練，從古典出發、向外延攬新的摩登素材融入，確是我們能擁有的一項利器，不該將之割捨。否則，紅遍亞洲的流行天王周杰倫，就不會老跟搭檔方文山，寫出濃濃中國味的歌曲了。

　　「周方」一路合作的暢銷曲裡，有很多以中國元素調味的新

式嘻哈、RAP、搖滾抒情，比如〈雙截棍〉、〈東風破〉、〈亂舞春秋〉、〈麥芽糖〉、〈髮如雪〉等多首作品，2008年的專輯《我很忙》裡有一曲〈青花瓷〉因有最佳歌詞獎的加冕，還引起學者的討論。其意念取景水煙墨山、素有西施美景的江南，化身為一個神秘美人，並譬喻為珍貴又素雅的青花瓷。試看歌詞怎樣形容美人與青花瓷的意象結合：

素胚勾勒出青花筆鋒濃轉淡
瓶身描繪的牡丹一如妳初妝
冉冉檀香透過窗心事我了然
宣紙上走筆至此擱一半
釉色渲染仕女圖韻味被私藏
而妳嫣然的一笑如含苞待放
妳的美一縷飄散　去到我去不了的地方
天青色等煙雨　而我在等妳
炊煙裊裊昇起　隔江千萬里
在瓶底書漢隸仿前朝的飄逸　就當我為遇見妳伏筆
天青色等煙雨　而我在等妳
月色被打撈起　暈開了結局
如傳世的青花瓷自顧自美麗　妳眼帶笑意
色白花青的錦鯉躍然於碗底
臨摹宋體落款時卻惦記著妳
妳隱藏在窯燒裡千年的秘密
極細膩猶如繡花針落地
簾外芭蕉惹驟雨門環惹銅綠

　　而我路過那江南小鎮惹了妳

　　在潑墨山水畫裡　妳從墨色深處被隱去

　　方文山從小就喜愛中國武俠小說、古典詩詞之類的閱讀,雖然學業並不出色,卻認真於相關傳統書籍的吸收,造就他後來與周杰倫「復興」中國樂風的契機。光是這首〈青花瓷〉,我們就感受他在意象轉折上的用心。一開頭以文人於素白瓷上題字、繪畫的謹慎工筆,轉到邂逅美人、欣賞其一顰一笑,帶到兩人的心情交流牽引,都帶有江南山水的神秘、縹然幽乎的美感,是那樣含蓄,亦步亦趨的相互挑動心弦。最後雖然美人一如煙霧隱去,徒留下男方的愁思,這樣的遺憾卻是彼此心中難以抹滅的絕美印象。中國水墨意象之美,被方文山寫進這首詞裡,而周杰倫也唱出鄭愁予〈錯誤〉相同的、錯身而過的邂逅惆悵。

　　另一首也是兩人合作的怪怪歌曲,更直接以中藥名連綴成詞的〈本草綱目〉,亦值得大書特書;周董以RAP舞曲唱出古老中藥打底現代華人的自信心,推翻上世紀「東亞病夫」的民族標籤,造成另一波中國風的熱潮:

　　如果華陀再世　崇洋都被醫治

　　外邦來學漢字　激發我民族意識

　　馬錢子　決明子　蒼耳子　還有蓮子

　　黃藥子　苦豆子　川楝子　我要面子

　　用我的方式　改寫一部歷史

　　沒什麼別的事　跟著我唸幾個字

山藥　當歸　枸杞　GO　山藥　當歸　枸杞　GO
看我抓一把中藥　服下一帖驕傲

我表情悠哉　跳個大概　動作輕鬆自在　你學不來
霓虹的招牌　調整好狀態　在華麗的城市　等待醒來
我表情悠哉　跳個大概　用書法書朝代　內力傳開
豪氣揮正楷　給一拳對白　結局平躺下來　看誰屬害

練成什麼丹　揉成什麼丸
鹿茸切片不能太薄　老師傅的手法不能這樣亂抄
龜苓膏　雲南白藥　還有冬蟲夏草
自己的音樂　自己的藥　份量剛剛好
聽我說中藥苦　抄襲應該更苦
快翻開本草綱目　多看一些善本書
蟾蘇　地龍　已翻過江湖
這些老祖宗的辛苦　我們一定不能輸

就是這個光　就是這個光　一起唱
（就是這個光　就是這個光　嘿）
讓我來調個偏方　專治你媚外的內傷
已扎根千年的漢方　有別人不知道的力量

蹲　小殭屍蹲　小殭屍蹲　又蹲
小殭屍蹲　暗巷點燈
又蹲　小殭屍蹲　鑽蘿蔔坑　又蹲

　　小殭屍蹲　唸咒語哼

　　這麼有趣的歌詞，不僅年輕人聽了感受到老祖先的智慧、LKK也驚喜有這樣的歌曲，幫華人重塑民族信心。此曲獨特的意識與舞蹈，也受到歐洲音樂台的青睞，還於熱門時段介紹跟播放。在MV中，周杰倫自創的中式殭屍舞，不同於西方吸血鬼的模式，讓外國人見識了另一種文化融合音樂的奇詭魅力。

　　這兩首歌是我向年齡較大的族群講課時，說明歌詞可以「很學問而不說教」、「很人文但不八股」、「很傳統又翻新」的絕佳範例。往往一些不聽流行音樂的人，聽到我要放周杰倫的音樂來賞析詩歌，剛開始都會從詫異的表情轉成讚賞，尤其是那些中學、大學老師，呵呵，還有大陸專門寫節慶、正統紅歌的填詞人⋯⋯2009年我參與廈門鼓浪嶼詩歌節，就以這兩首歌讓他們「大開耳界」，讓我驚訝的是，這些創作詞曲的音樂人，竟完全不知道有〈青花瓷〉和〈本草綱目〉如此中國風的歌詞，還一直苦惱於現代歌詞跟新詩掛勾的斷聯。可見從事任何一項創作，絕不能閉門造車、得多方取經才能活化自己的靈感。

　　只要周董一直出專輯，我相信「周方」能把更多中國底蘊，用唱的給全世界人聽。

延伸推薦：

周杰倫《我很忙》，新力博德曼，
2007.11月發行。另針對青花瓷上的
題字討論，可上網查詢，http://www.
torontofirstnet.com/article/2008/0214/
article_5932.html 。

周杰倫《依然范特西》，新力音樂娛
樂、阿爾發音樂，2006年9月發行。

特別說明，《本草綱目》是李時珍的著
作，不是華陀。方文山寫華陀是要顯示
中醫的厲害。

鄭愁予〈錯誤〉──詩有三種版本：羅
大佑《之乎者也》，滾石，1982；李建
復、張世儫《牧歌》專輯，1995，後由
金革唱片重新整理出版鄭愁予詩與音樂
專輯，再收入《旅夢》，2008年；李泰
祥《錯誤》，1984，黑膠唱片。

慢活音樂詩人
黃建為

　　炎熱的暖秋，無意中將一片陌生的音樂專輯放來聽，清揚的吉他彷彿蓮池中的水紋，逐漸以漣漪擴散的方式將暑溽驅走，留下一客廳的清涼氣息。這是我第一次聽到黃建為的印象：舒服、放鬆、讓我想起兒時在南部午睡的感覺，有風自川堂吹來輕拂我的髮絲，汗水漸漸被風帶走，而窗外榕樹上的鳥們在吱吱喳……時光寧靜、一切安好。感覺這夢好長，一覺醒來，竟是醒在台北家中、沙發上、黃建為的音樂裡。

　　好久沒被簡單的音樂感動了。或許是台灣的環境無法讓人有浪漫的心情，所以近年的藝文風格偏向灰暗、抗議、嘲諷。黃建為的出現卻提供另一種選擇──不論生活是緊張或萎頓，人總能決定自己可以輕鬆一點，不需被外界影響。當然他的歌不是每一首都陽光閃閃、花草點頭微笑，但黃建為確實有辦法將憂愁、不悅包裝得很優雅、很動聽，聽了還能解憂愁。

　　用簡單易懂的文字，兩三樣樂器伴奏，甚至口白輕誦，黃建為若不是有易於感動人心的好作品，加上好嗓音，這樣淡薄有味

的音樂風格能讓人過耳難忘，在台灣樂壇還是罕見的。在個人首張創作專題裡，這首〈鷺鷥　雨　稻草人〉，有著美國鄉村民謠似的輕鬆：

> 我的夢中有一片屬於我的草原在海旁邊
> 白色的鷺鷥還有稻草人停在上面
> 我躺在路邊看見雲兒在天空轉圈圈兒
> 星星又出現　就這樣又過了一天
>
> 抱著風箏有一半的線被風兒帶上天
> 輕輕滑過我指尖消失在雲裡面
> 啊，不在你的心中　不在我的夢中　那風箏往哪兒走
> 沒有一點不同　我還是這樣過
> 啦啦，在哪裡　在哪裡　在哪裡　我究竟曾經見過妳
> 在夢中　在雨中　在風中
> （口白）究竟是在哪裡　我曾經見過妳
> 是在夢中　是在下雨的夜裡
> 還是我根本不曾見過妳

歌詞從心中的夢土出發，逐句鋪呈幻想中的大自然景觀，一派的寫意、散漫，無視光陰流逝，再從脫線的風箏轉到對真命天女的想像，這每一件事情都沒啥關聯，恰對照出現代人的忙碌，根本沒有可以發呆空想的留白，以「無機的拼湊」帶出慢活者才擁有的浪漫跟亂想。同樣一天二十四小時，有人汲汲營營，腦筋想的都是名利、競爭、壓力，就算賺到了全世界，卻沒有時間去

享受生命的美好；也有人寧可用一下午等晚霞、等星星，等月亮，感受大自然的無聲奧義。

黃建為創作此曲，有受到海洋歌手陳建年的影響，兩者都具傳統民謠的清新、因感受生活情境而歌。歌曲中悠揚的口琴演奏，是他讀幼稚園時爸媽送的口琴；這也是他開始嘗試填詞的作品，對他必定別有意義。

聽這首慢慢悠悠的歌，我不禁想，哪一種人才是真正會過日子的人？通常不是最有錢的那些人，而是可以在風和日麗的平常天裡，躺在草地做白日夢的人。不過，現在又多一項，那就是可以身心放鬆，窩在沙發上讀一本詩集，聽黃建為的音樂……

延伸推薦：

1. 黃建為《Over The Way》，2006年。
   音樂故事EP《夏樹的期待Little Tree, Summer Dream》，2007年。
   第二張創作專輯《Come To Me》，2008年。以上均為風潮音樂。
2. 陳建年，卑南族歌手，1999年推出個人創作演唱專輯《海洋》，角頭出版。同年即獲金曲獎「最佳男演唱人」、「最佳作曲人」雙料得主、「中華音樂人交流協會」年度十大專輯，並譽為1993至2008年台灣最佳專輯。

風潮音樂提供

在自己的房間聽
史辰蘭

　　女人的心思永遠是神秘密碼。當我無意中聽到史辰蘭的聲音，一種勾引我去追尋的感動，使我陷入《自己的房間》音樂專輯裡，感受到同為女人幽閉、冷卻的激情、熱情無望也可澹然帶過生活一瞬，那種難以明說的複雜情感。她的聲音，明確地從女人的生活中過濾、組成，不含一絲假情假意，令我想到王菲唯一一張非商業性的專輯《浮躁》，並不討喜於庸俗的耳朵們。

　　這個曾於1994年獲得金曲獎「最佳演奏曲專輯製作人」、被譽為「漫遊回憶舞台的出世詩人，現代愛麗絲」的音樂人史辰蘭，以她清冷的吟唱方式，像一尾來自深海、形體特殊的魚，在播放音樂的空間中，讓空氣都發出閃爍隱晦的鱗光，這種感動不是溫暖的，卻是低溫傳播那種雞皮疙瘩一身的震動。

　　史辰蘭也曾為河左岸劇團、黃明川《寶島大夢》、簡偉斯《流離島影——馬祖》、服裝秀現場演出、廣告做配樂，因此她的歌詞特有畫面和情緒的流洩。在〈停止〉一曲中，她寫生活的片段：

　　經過房門口的時候

　　見到你

　　在窗戶下的陽光揮灑處

　　時間停止般地沉思

　　你所坐的窗沿

　　被你的沉思所凍結

　　像一座雕像

　　也像一首永恆的詩

　　啊　剎那與永恆　已經使人迷惑

　　只見到深入室內的陽光裡

　　有塵土的舞蹈

　　但你　卻將時間和記憶

　　拋向無垠

　　彷如電影分鏡隨著光線推移，人影凝聚的黑色塊，暈染成現實與記憶融合的交錯點。另一首充滿現代人乏味、無奈以對的生活變奏曲〈上一個禮拜〉，則訴說白、藍領階級無處發洩的鬱悶：

　　上一個禮拜我無所事事　好像還說了太多的話

　　又看了太多的電視節目　反正沒有人在乎

　　有時候無意回想過去　計畫不知多久的未來

　　像一個夢遊的人　在幻想的黑白片裡來來往往

　　那太陽底下的新鮮事情　不知道曾經留下了什麼

只想讓擁擠的腦袋　鬆一下發條
也許我做錯了許多事　天天應徵的工作都泡湯
失業的心情像發霉的饅頭　恍然已不知過了多久
我帶著平板的表情　過著稀鬆平常的每一天
在擁擠的都市中　遺忘了許多停止的時間
昨天有一個美麗的夜晚　是什麼安排這樣的美夢
交換著深藏的累贅　今天是一個沒有頭痛的一天
喔，可以輕鬆的一天
嘟，我要去海邊

　　歌詞是現代民謠的樸實，編曲則以電子舞曲呈現，是一首真的聽了會感覺想要懶散、想要翹班的音樂。史辰蘭雖不是詩人，但她的詞描述生活點滴之間，總置入一些畫面、景觀，並投射自我的情緒，聽起來有點民謠搖滾的變奏。只可惜這樣慵懶、自在的音樂被淹沒在譁眾取寵的市場裡。還好，聽音樂不必與人分享，我在自己的房間聽完了史辰蘭，看完一本書，發了一會兒呆，便打開門，感覺非常放鬆地，悠哉悠哉散步去了……

新詩短歌行

談小詩歌三首

　　五分鐘能幹什麼嗎？五分鐘恰是聆聽一首歌、讀一首小詩的時間。

　　在心靈被工作壓力、學業測驗等壓得喘不過氣時，你的身邊或MP3，是否有那麼一本小詩集、幾首特別的音樂，陪你將時空轉移、放鬆心情的「朋友」？我有很多這樣心靈的伴侶，從青春期到現在，它們不只一次地跟我出走房間以外，遊走世界、陪我哭過又笑過，而我和它們之間的聯繫，就是透過情感的分享或重生，在短短五分鐘內，我補充了內心的能量，再重新面對五分鐘以前的世界，我常發現對同一件事的觀點已經改變。

　　齊豫的專輯，已是我一輩子的心靈朋友。這世上有許多好的聲音，但若沒有好的歌詞跟編曲，那麼也只能流行一時。齊豫的發聲，背後有那時代的文學風潮、又逢音樂天才李泰祥的崛起，多方條件匯集一身，使齊豫所唱過的歌曲，都變成人間天堂的福音，慰藉了多情如我之人。

　　在「寫我們的詩　唱我們的歌」年代，多位詩人與音樂家集

體合作，留下多少膾炙人口的歌曲。像國學底蘊深厚的羅青，就寫過兩首短短的小詩，皆由李泰祥譜成曲，〈星〉：

> 昨夜　不知不覺
> 逝去的露水
> 今夜又悄悄悄悄回來了
> 回來了
> 回來了
> 不知不覺　不知不覺
> 又悄悄地　回到我不知不覺的臉上來了

　　看完這首〈星〉之後，才發現星星原來指的是眼淚，而非露水、天上的星子；它所隱藏的更深層的指涉，卻是詩人心中渴望能指點迷津的希望。至於這希望是什麼，詩人並不明說。另一首〈答案〉：

> 天上的星星　為何
> 像人群一般的擁擠呢
> 地上的人們　為何
> 又像星星一樣的疏遠

　　講的是人與人的冷熱距離。我們以為密集的星群，其實各自距離甚遠；而由人類所組成的社會網際，卻像星子般的遙遠。一遠一近，道出人們因心思而設計出彼此的冷漠。

　　聽著齊豫以有情的聲音，唱出兩首帶著謎底的小詩，我總會

要自己變得更慈善一些、溫暖一點。當然有時也希望能像王菲那樣無憂，百無聊賴到「只欠煩惱」，〈浮躁〉：

> 九月天高人浮躁
> 九月裡　平淡無聊
> 一切都好　只缺煩惱

二十二個字就寫盡了九月的心情呵⋯⋯

延伸聆聽：

齊豫《天使之詩》，1997年。
齊豫《國語精選專輯》，2003年。
王菲《浮躁》，1996年。

音樂裡的時空情感

聽「中國交響世紀」的
歷史跨度

做為一個閱聽的貪食者，家裡總是在文字、音樂的融合或是矛盾下，輕易地變成歌劇院、搖滾樂團的live、舞廳、鄉下廟埕⋯⋯等等場所。此時此刻，窗外的午後雷陣雨剛剛停了，被雨水澆灌的柏油與土地，釋放出清新的氣息；我把用來對抗轟轟雷聲的重金屬搖滾，換上具有土地詠嘆情懷的「中國交響世紀」。音樂揚起，我彷彿回到國小的音樂教室中，重溫那一首首與成長記憶糾纏的旋律⋯⋯

音樂教室裡的學生

可愛的一朵玫瑰花　賽地瑪利亞
可愛的一朵玫瑰花　賽地瑪利亞
那天　我在山上打獵騎著馬
正當你在山下唱歌婉轉入雲霞⋯⋯

　　坐在音樂教室裡的小學生，有來自台灣中南部、高山上原住民的子裔、外省第二代的小孩，我們都穿著白上衣藍裙子或褲子的制服，唱著中國各民族的曲調。我們知道中華民族漢、滿、蒙、回、藏、苗、傜種族融合，但不清楚她其實孕育了上千個大大小小的族群。

　　像這首新疆民謠「可愛的一朵玫瑰花」，講的是哈薩克青年與俄羅斯少女邂逅的故事，歌詞中含有種族對土地的認同、原居者對外來客的接納；可是，唱著歌的小學生只能懵懵懂懂地臆測情歌裡的男女之情。相對於現在聆聽的交響樂版本，輕快的小提琴把邊疆民族活潑、熱情的特性顯得更為高拔一些，空氣中充塞著一股大漠草原的遼闊氣息。

　　弦樂如一張飛毯，指揮我的心思忽而童年、忽而未曾行旅過的土地。這種時空的矛盾交替，其實常發生在現實環境的中國人身上。

　　這套「中國交響世紀」的幾位編曲者李泰祥、姜小鵬、杜鳴心等人，想必對中國整個時空的轉移有著相當深刻的體會吧！像李泰祥是台灣原住民出身，姜小鵬已入加拿大籍長年在外，杜鳴心曾在莫斯科多年求學；來自不同土地背景的三位音樂家，在背負了迥然殊異的內在涵養下，卻對中國流傳甚久的民謠、流行歌曲產生「整理」、「催化」、「賦新」的理念。如此刻骨銘心對中國文化的認同，是源自於中國本身豐富的人文土地魅力？抑或從小被教育灌輸的「母國」情結哩？

　　藉著音樂流動，我覺得自己和三位音樂家同時變成小學生，坐在國小的音樂教室中唱著「可愛的一朵玫瑰花」；有點明瞭、有點懵懂。

歲月在音樂中停留

而音樂還在進行著呢。在我冥想的當下,「中國交響世紀」卻已從大漠的遊唱詩歌「掀起你的蓋頭來」,行經山谷唱和的「茉莉花」、民初渾沌時局的離情「西風的話」、台灣早期地方小調「生蚵仔嫂」與「丟丟銅仔」、日據悲情命運的「望春風」、戰後療傷的無奈低喃「望你早歸」,乃至校園民歌的「橄欖樹」、近年流行曲「玫瑰人生」和風靡一時的台語歌「傷心酒店」。

飛毯載我穿越了近代中國與台灣時空的變遷。豪邁的大地兒女情懷、都會紅男綠女的人生變調……一首曲子是一顆珠子,一套「中國交響世紀」便是一條情境的項鍊。

騎馬的人、開戰車與轟炸機的人、流亡的人、渡台討生活的

Photo by onon

人、離鄉背井的人、獨倚門扉的人、曾經嬉皮思想的人、流連在
都市角落的人，所有不同年代的人都將隨時間而老去，或埋沒於
不斷前進的歷史裡。但這些歌曲卻整理出，屬於他們曾經共有的
心境。不同的他們或許消失了，歌曲，卻一直被流傳下來。一套
中國歌謠，凍凝了時空中無數人的悲喜。

中西合璧的交響樂事

用規模龐大的交響樂團演奏流行歌、東方樂曲古譜、甚至
西洋搖滾樂，是近十年來音樂製作司空見慣的事。我不能說這套
「中國交響世紀」是實驗中最好的，但聆聽之後，一些耳熟能詳
的曲目，的確有令人心旌神盪的感動。

除了音樂監製李泰祥、編曲的杜鳴心、姜小鵬、俄羅斯的沙
卡洛夫・伯利斯如此堅強的大師陣容之外，負責演奏的交響樂團
亦是遠東頂尖之選：北京中央交響樂團、中央歌劇芭蕾舞劇院交
響樂團、上海交響樂團、俄羅斯國家交響樂團、新莫斯科愛樂交
響樂團。錄製工程當然也是中、俄兩地品質一流的精英所監控、
生產。在選曲方面，我覺得他們依照地理風情、時代替嬗、環境
情懷作為區分，每一張的情緒營造完整，是討喜之處。

如果在一個下過大雨的午後，不想聽傳統交響樂的澎湃張
力，又無法忍受流行音樂的靡靡低喃，這套「中國交響世紀」或
能滿足你的耳朵。

詩歌卡拉也OK

　　詩歌本一家，不知何時被分流，「變成詩以文字唸誦為主」、「歌以人聲吟唱」來劃為音樂之界。其實一首好的現代詩必能念之吟之乃唱之，一首歌曲若沒有好詞作為靈魂怎能廣為流傳？詩歌演變至今，在創作文類上雖被劃分為兩種「科」，但其原是中國文學史上所稱的「韻文」體。在知識未普及的時空中，所有文體皆從韻聲下筆，以期能朗讀之時，即被他人所了解、記得。作為韻文老祖的《詩經》，是當時的「文」而非「詩」，它是一個時代人的集體抒發產物，負載群眾的情緒，隨著一代代文體演變：漢賦、楚辭、唐詩、宋詞、元曲，乃至當代新詩的出現，詩與歌的連體身軀才於近期被分割。

　　戴望舒可能是劃下分體手術第一刀的人，他曾在《望舒詩草》所附的〈詩論零箚〉提出這樣的論點：「詩是一種吞吞吐吐的東西，動機在表現自己跟隱藏自己之間，詩不能借重音樂，詩的韻律不在字的抑揚頓挫，韻和整齊的字句常會妨礙詩情，或使得詩情成為畸形。」藉此要剛剛寫詩的人，鬆開韻腳跟字句長短

的禁錮，著重在詩意象的營造與自由。也許是大詩人的一番話，自此，寫詩的人不屑與通俗、流行的音樂唱和；音樂人又視現代詩過於高蹈、冷傲，這期間詩歌兩兄弟鬧著憋忸，都忘了另一個也嘗試把詩歌分流的五四旗手——胡適，為了推廣新詩，而把自己的詩託人譜成歌。

　　詩歌的糾纏，沒有因戴望舒的一席話而離得太遠，反而長久的默契和基因，讓兩者常黏在一起。甚至有些地方語言的山歌、黎民俗諺、哭喪、順口溜、演唱段子、歌仔戲、掌中戲、沿街叫賣等民間戲曲，從來不把文學的詩、跟聲樂演出的歌，一分為二。在台灣這塊歷經多個政權、人族來去、融合居留的島上，光百年來流傳的、至今還具有反應時代生命力的樣本，以文學包容人性、時空背景的雅歌、好詩詞，實在不勝枚舉。從1930年代文風鼎盛的大稻埕，投下本土文人填詞譜曲的一顆石頭起，這詩歌所產生的漣漪，可謂讓台灣的詩詞和音樂製作優勢，引領華文界超過半個世紀至今。

灌詩的靈入歌的身

　　我們試著追蹤1935年淡水河畔的陳達儒〈港邊惜別〉、〈農村曲〉、〈白牡丹〉，李臨秋〈望春風〉、〈補破網〉，楊三郎、洪一鋒、文夏、郭金發等人的腳步，迤時至1970年代有「現代民歌之父」美稱的楊弦，結合胡德夫、吳楚楚等音樂人的力量，把余光中的詩〈鄉愁四韻〉、〈迴旋曲〉譜成膾炙人口的歌曲，掀起本土「寫我們的詩、唱我們的歌」風潮；台灣人彈奏吉他、鋼琴所唱的不再是披頭四、瓊·拜兒、巴布迪倫，而是余光中、瘂弦、三毛、羅門、李泰祥、楊祖珺、陳克華、蘇來、

羅大佑、李壽全、林
強、張洪量、伍佰、
陳昇、陳明章、黃
舒駿、陳珊妮、黃韻
玲、凡人二重唱、陳
綺貞……等人富有文
藝氣息的歌。

　　一波波的音樂革命，乃是人文的意識，使詩融入通俗的歌詞，讓樂曲更有情緒的起伏，也因台灣環境於1949年後成為華人的大熔爐，各種聲音的元素混種、拼貼，教育水平的提升，使得此地有三好：好詩、好歌、好聲音。於是詩歌兩造重修舊情，共同譜下台灣無數美妙的樂章。本文所要特別強調的是「詩意」如何介入、詩詞的轉形和共鳴，及兩者越來越無法釐清界線，故這一甲子的台灣歌詞史，也是文學史部分的血脈骨肉。

　　從那些傳唱數十年的台語歌說起，時代還保守封閉，日治台灣淒風苦雨中飄搖，只求生活平安不問政治的那代人，隨著酒家流行出來的日本演歌、西方藍調、布魯士……搖搖踏踏中，忽然隱約聽到貼著內心悲哀的旋律。許是李臨秋的望春風、補破網，然後1945年台灣光復了，1940年代的楊三郎融合東洋、鄉土、爵士藍調卻帶著悲情的歌曲，其「黑貓歌舞團」唱出了〈異鄉月夜〉、〈秋怨〉、〈秋風夜語〉，1949年以後，外省移民口中傳來吳儂軟語的〈夜上海〉、激昂勵志的〈一根扁擔〉、〈山南山北〉……東西南北地理風土之音、加上肅殺的政治氛圍，台語的悲情、雅歌時代沉寂下來，耳裡聽的是反共復國、神州悠悠的愛國與鄉愁。直到歷經1970民心思想的反動，樂人自詩人的浪漫、

鄉愁、悲愴、愛怨大量取材，比如至1980年代詩人與音樂，才爆發出大合唱的力道。

胡適〈蘭花草〉被改寫、徐志摩的〈再見康橋〉和〈偶然〉編曲傳唱、楊弦譜了余光中的〈鄉愁四韻〉、羅大佑交融改造鄭愁予的〈錯誤〉、席慕蓉〈出塞曲〉和〈生別離〉以後仍繼續和李南華、陳揚等多人的合作編曲，瘂弦、余光中、羅門、羅青、賴和、吳晟、夏宇……乃至二十幾歲就寫出〈九月的高跟鞋〉、〈沉默的母親〉、〈台北的天空〉多首膾炙人口歌詞的陳克華，於四十歲後推出自己的完全專輯。

醫生詩人歌手

台灣醫界似乎有個怪傳統，那就是轉跑道成為「音樂人」很多，像「台灣四百年來最好的音樂家」蕭泰然、抗議歌手羅大佑、多情到近乎變態的張洪量，還有一位我的好友——眼科醫生兼詩人兼畫家兼攝影家的跨界怪傑陳克華。他們不論是苦練過鋼琴、大小提琴、自習吉他或打擊樂器，或是把歌詞當成詩來寫、或自詩自譜自唱，樂風從西洋古典、搖滾、抒情、民謠皆有之，才情令人驚艷。

陳克華十六歲時，就被瘂弦挖掘其寫詩的天份，介紹於當時第一大報的聯合副刊，是個藝文過動兒。他不僅寫詩、畫畫也非常有個人風格、對於散文、極短篇、劇本、攝影、小說，甚至曾著迷肉體上的鍛鍊，可說對五感開發有異常過人的興趣，最令人氣結的是，他能以業餘身分達到專業水平。多來年他已開過多次個人攝影展、畫展、導過舞台劇……但在2006年誕生的音樂專輯《凝視》，可說是陳克華總的一張創作。

　　發行過音樂專輯後，大家才發現躲在幕後填詞的醫生詩人，原來歌喉也一流。自此台灣藝文活動、餐會，都會請他高歌一曲。不過他老是被點唱〈台北的天空〉、〈九月的高跟鞋〉，恐怕《凝視》的知名度，一般人還是不知道……我建議陳克華應該出一張口水專輯，把自己寫過的歌詞、親唱灌片發行，這才對呀。

夏宇，混就對了

　　她是詩人，卻又是詞人。夏宇是華文界罕見的詩、詞、樂三位一體超級偶像。在1980年代她就跟李泰祥等人合作，用李格弟、李廢、童大龍等筆名寫歌詞。那時候詩人如她、陳克華等是不需要配合譜曲，直到後來音樂公司較針對市場，才變成先有譜樂後有詞，寫詞才真變成「填詞」的苦差事。因此在回顧台灣新詩與音樂的結合，夏宇的詞不論藝文腔、愛情流行多種主題的歌曲，皆可看到其作品；而同時她的詩也因自費出版《備忘錄》，奇趣詭魅的風格引發詩壇的注意。在大眾與小眾的兩種體例之間，夏宇在質與量上都交出了令人稱羨的成績。

　　混音樂界久了，填詞的收入讓她有自由的生活形式，於是一邊法國一邊台灣，兩地截然不同的文化，商業與純藝術的拉扯與撞擊，造就她多變的文字空間；雅俗、尊卑、輕佻與莊嚴、調皮對照著悲傷，都在夏宇的手中自由出入，卻又迷倒眾生。齊秦的〈狼〉，趙傳的〈我很醜可是我很溫柔〉、〈男孩看見野玫瑰〉，陳珊妮的〈乘噴射機離去〉等，這些傳唱至今的名曲就是出自其手。

　　夏宇在2002年結合地下樂團，自己也親聲錄音朗誦詩作，發

行了一張令詩壇、音樂界都感到驚訝的音樂專輯《愈混樂隊》。此輯名稱給人的印象，可說符合「後現代」的拼貼、混血、多元之集大成。沒錯，用五感來聽看夏宇就是「混」，這樣才對味！夏宇與陳克華是華語音樂界從詩界借調的兩名大將，從1990年代，台語歌壇掀起的「新雅歌」之風，則是因詩人路寒袖那隻寫詩的手，化歌詞為詩而掀起序幕。

路寒袖的台語詩歌

路寒袖與詹宏達是高中的同班同學，後來因受邀製作潘麗麗的專輯重逢。這對搭檔，不僅重現1930-40時期，文人寫歌的「雅歌」之風，更開擴了台語歌專輯的前置企劃，不以撿歌、篩歌來收攏專輯中的歌曲，反過來因歌手的聲音特色、人生歷練為本，量身訂作出概念專輯。路與詹倆為原是歌仔戲女旦的潘麗麗製作的《畫眉》，可說是台語音樂專輯的開創之作。中部出身的路寒袖擅長掌握台語音韻之美，讓他一詞成名的〈春天的花蕊〉光是唸詞即有吟歌的聲腔，此首情歌雖被挪去當作選舉宣傳曲，但詞淺易懂，又流露出詩意特有的轉喻技巧。

而《畫眉》被評說是少有台灣新好女人意識形態，並形塑潘麗麗為剛柔並濟的藝人，其人生如戲的愛情也透過歌詞，傳唱成嶄新的「台灣阿信」。這張企劃式以歌手的真人真事，綴連出《畫眉》每首歌的意境。而詩人路寒袖也發揮詩的摹寫、情意的轉借，常常將自然景物化為男女愛情的象徵。路寒袖因《畫眉》得到金曲獎的加持，可說不僅是一位好詩人、也是台灣音樂界頗為重要的台語詞人了。

詩詞？歌詞？詩歌！

台灣的音樂、台灣的詩，有多少教我們不得不凝聽、不去傳唱的好作品？別再分化新詩與歌詞的界線了。聽王菲的歌聲，就是領受林夕的詩意；唱周杰倫的〈東風破〉、〈青花瓷〉、〈本草綱目〉不也看見新一代的詞人，如何借詩為歌？

詩歌在流行與非主流當中，除了詩人的介入，自新世紀以來，音樂界的創作水平亦出現許多文學基礎很強的人，他們就如好的調酒師，能調配不同酒類的比例、水果跟杯器，能把大同小異的材料變成一杯叫人上癮的仙液。

歌詞寫得好，在去掉音樂之後，我們還能享受到文字的意境之美、口誦時的節奏快慢；但是新詩寫得不好，別說能賦予音樂譜曲的加分效果，就算是一般閱讀也讓人頭痛、不知所云，又或者寫得太偏向歌詞，文字淺白到像散文，情境俗爛平凡，比喻轉折都在可料想到的老舊格式中，又怎會感動人心？

不是所有的詩詞都可以譜成歌，當然更不是所有好的歌詞，都能以新詩來看待。但做為引領華文音樂龍頭的我們，更可以加強詩人、詞人、譜曲者、視覺藝術工作者，諸多創作媒介，活化聽覺這塊領域，不僅因跨界合作而讓音樂產品特殊化，無法被網路下載所取代，提供更新的人文思維，則詩意的基因，永生在音樂的肉身當中。

悦 讀

作者與岩上、王宗仁、陳謙於
2011年濁水溪詩歌節合影

你教會媽媽的事

「春花秋月何時了，往事知多少……」看著你跟同學們的詩歌演出，媽媽覺得你好酷，成就感比你考第一名還多……其實我跟爸爸從沒要求你考第一名，因為成績高低沒辦法讓你長大後獲得更好的工作，不，應該說是你感興趣，且歡喜做的工作。我希望你臉上那雙明亮的眼睛永遠不必戴上眼鏡，維持一點二的視力去賞鳥、親近大自然、看書，對這逐漸崩壞的世界，維持好奇探究的態度。

我知道你對安親班早已厭倦。記得小一下學期時，某天你對我說：「能不能放學就回家，不要待安親班？老師教的都跟學校的課程一樣哩。」但那時沒辦法讓你自己回一個空空的家。爺爺奶奶各有自己的生活，我和爸爸要上班……直到我健康出現警訊，內心亟欲回歸家庭時，你的願望才在小三上學期實現了。離開安親班，你好高興，但是我跟你立下自律的生活約定：回家後吃完點心，五點開始寫功課。若天氣很好，應該先去玩，再回來完成課業。寫功課不專心而無法一口氣寫完，只是相對減少你玩

樂的時間，自己要管理時間，媽媽只是你的伴讀，偶爾扮演家庭教師，引導你學習或檢驗學業上的成果。你說好。

你是一個重承諾的孩子，十一歲的小五生了，除了身體不適之外，你通常很快就寫完功課，以便去公園找同學玩、騎單車，要不就在家看自然生態的書、看《三國演義》、舞劍耍刀槍、自行設計攻略祕笈、上史萊姆遊戲網。你不屑同齡的小朋友玩On Line遊戲，為了那些虛擬的錢幣和寶藏，一連線就掛在網上幾個小時，「那個某某某周末晚上都玩到凌晨兩點，神經。」同樣地，你的導師跟同學也驚訝你跟其他人的不同處──你在小一時與同學玩遊戲卡、戰鬥卡，為此偷偷花掉存錢筒裡新台幣兩千多元的銅板。後來被我們知道而不揭穿，只由爸爸私下跟你訂下「男人間的協議」，錢要花在對你有用之處，而且要留在你身邊。你也做到了。

我們於是鼓勵你，存夠錢就帶你到書店、書展瀏覽想要的書籍，討論哪些書能陪你久一點，然後將書帶回家，放在你專屬的書籍特區。「哇，小雨讀的書都好難呀，你讀了之後，要教爸爸媽媽，當我們家族的自然老師。」你本來熟背遊戲卡上的戰鬥資料，經爸爸點醒，「世界上真正的動物跟植物，有時比卡通上的寶貝還夢幻、稀奇呢。你看過這麼美麗的鳥嗎？」那本全彩的鳥類圖鑑，引你進入迷人的賞鳥天地，連我也受你牽引，而有基本的觀鳥能力了。

那時你還沒開始學打擊樂，周三中午等你放學回家後，我會帶你在台北近郊、植物園、二二八公園到處溜轉、喝下午茶。後來外公送來一輛淑女單車，我載著你沿著淡水河一路從三重、蘆洲、五股、八里、關渡悠閒地賞鳥。你總能一眼就分辨出大小白

小作家奐雨跟詩人余光中喜相逢於文人餐會

鷺、黃頭鷺、白頭翁、大卷尾、樹鵲、畫眉，以及各種鶺鴒和八哥、蒼鷺……連路人都感到訝異，以為我們是荒野協會的志工。近年來的家庭旅遊，也把賞鳥列入考量條件。台東尋鷹、金門看戴勝跟雉鳥、馬祖看燕鷗，或者宜蘭、花蓮……四處循著鳥蹤而深入台灣各地。你的鳥書和三國也多達數十本了。當國語日報親子版來我們家採訪的時候，看到你讀這麼專業的書，不由得稱讚你的定性與專注。

　　自小被爸爸媽媽帶著到各地演講、評審的你，五、六歲時看著講台上握著麥克風的人，一開口便將台下的眼睛、耳朵統統收服，你豪氣萬丈地說：「我也要當老師。」但彼時對汽車上癮，且執著以後要當公車司機的你，卻又對公開上台感到矛盾。我親自教你吟唱古詩詞、新詩賞析，你覺得很無趣；我只好化身為你們班上周一早自習的「帶讀媽媽」，教唱全班，也在三重地方讀書會開課，這樣你有了不同的學伴互相交流，並且進步到能示範吟唱，我便安排同學跟地方學員正式公開表演。當我看到你和讀書會的學員，領到生平第一次演出費時，害羞的、沒信心的、好動的、勇敢的大夥兒們，統統與你一樣，完成了上台的自我挑戰，我為你跟大家驕傲、感動。

　　什麼時候，我居然聽到你跟別人說：「我長大要考歷史系研究三國，或是森林系或自然系研究生態。」短短兩年，我回家養生調息、陪你讀書，你就轉變得如此之好。

　　但我跟天下的母親一樣，對你也會嘮叨不停：鼻涕啦、清潔耳朵、保健牙齒、亂撕指甲、嘴唇不好好保養、洗手、偏食、穿衣服、早點睡覺……喔，我們其實也是平凡的母子，你還是得讓當媽的來操煩。但其實我也不喜歡一直「碎碎念」，所以，能不能再加一條約定：別讓我嘮叨的方法？至於如何實施，還是由你來跟我討論囉，小雨老師……

（講義雜誌，2009/04/27）

青春出發
開頭很重要

　　青春期開始，該有不同觀察世界的視野。閱讀、旅行、交友都可以打開心眼，開始培養「自我與世界」的關係。可惜台灣教育體制，改了又改，走過填鴨式教育的成人們長大後，仍讓自己的下一代陷於分數的迷惘中。很希望能解放這一代的思考模式，所以我離開工作二十年的職場，尋覓我的人生，也為新生代尋找前方的道路。最後我發現，只有文學、文學、文學！

　　詩，又是文學中的結晶，只有充滿靈性、腦筋最聰明、情思敏感的人才能走進她的聖殿。華人是詩的民族，但長久以來一般人不讀詩，把這好東西冷落在平常的學習以外，難怪一般人不懂美學、不知生活裡處處皆美學、甚至無法跟自己好好相處，因為大家的腦袋早就「控故力」了……

　　近年全世界講求「創意力」、「企劃力」、「表達力」，校園則要求學生得有「作文力」、「想像力」；總之一句，青春期的孩子 ，在這樣矛盾的環境下，你得要很努力！

　　我評大學、高中、國中的文學獎十多年了，能立即吸引評

審們的眼光，而不被「秒殺」的首要原則，就是篇名得不具「恐龍」相，進而挑起評審們的好奇心而細看內文。由於求學時期多為詩藝不佳的階段，寫生活周遭事物是最容易上手、也最容易感動自己和讀者，但題材可以普羅、平凡，但詩的題目就像一張名片，設計得大方別緻，人家看了就被吸引，開始對名片的主人產生幻想、好感。因此，一眼就能讓評審對你另眼看待的，就是「破題」。

　　破題有很多方式，比如可在同音歧義下功夫，「願忘／望」、「遙遠的心／星願」、「愛／哀情頌」；失戀很苦所以「願忘」，想告白的醞釀是一個「遙遠的星願」，拖泥帶水的戀情很「哀情」，評審還沒進入狀況，就已經會心有感了。第二種是穿越古今，把歷史人物抓來對談，以古喻今或是對照己身心情，像「唐玄宗的暗夜自白」、「寫給牛頓的定律」、「深夜火車遇見李白」、「我與東坡談戀愛」這種帶點調皮、不可思議的標題，往往能在第一時間就收到吸睛效果。但以上的下標只是一種遣懷的轉移，還沒表現可在主題跟子題結合的高難度技巧，如果題目可以改成「吃下牛頓的蘋果」、「讀辛棄疾卻愛上了你」、「我夢到唐玄宗的眼淚」，在時空、主軸上刻意的偏離或跳接，那就會像「深夜火車遇見李白」，使我想立即知道一個中學生怎樣遇到李白？跟他說了什麼？為什麼是在火車而不是公車？

　　題目真的就像名片一樣重要。但是遞出它的主人氣質更重要，總不能虛有其表就想一舉成名？外表打扮好了，只算成功一半。你要端出什麼內涵，而讓人不會丟掉那張美麗的名片呢？以下推薦幾本新詩初學者必備手冊，讓你從0到80分只要一年修練

光陰！這可是我多年來在大學、地方讀書會、創作班教書，引導新詩創作課程，用的輔助教材。

《讓詩飛揚起來》幼獅文化出版，向明、蘇蘭跟我三人合編。此書結合文字架構、音樂節奏、空間美學選詩的提要，從童詩到一般詩作名家皆有選入，篇篇有作者簡介跟導讀賞析，能解決新詩在音韻跟形式空間上的疑惑。詩裡的音樂節奏感是天生內含的，而非刻意壓韻，太強調韻腳就像寫歌詞了，反而減低詩的可誦、可吟、可唱的多元表演特性了。這也是中學生寫詩最難學好的一門功課。

《現代文學導讀──新詩讀本》三民出版，向陽主編，詩選從台灣第一首現代詩，選到新生代的楊佳嫻，屬台灣新詩史的跨世代重要選集。沒有新詩閱讀基礎的人，都該讀讀此書。

《小詩──床頭書》爾雅出版，張默選編，此書分輯很特別，從兩行詩到十行詩作為分類，每輯皆有張默的賞析跟詩人的基本簡介，適合初入門者作為腦筋運動的指南。

《遊戲把詩搞大了》遠景出版，小熊老師（林德俊）結集在媒體專欄的作品，出入流行文化、音樂節奏、藝術跨界、廣告文案，把新詩多元發展的可能性，在遊戲化的設計中，讓新詩變得既可愛又可親，看完此書，真的會愛上新詩。

我也是中學生變成作家跟講師的，深知這時期的成長困惑。

綜觀這年紀層所寫的題材仍是暗戀、學業壓力、父母期待、自我掙扎、友情、愛情，少數同學會以知識、閱聽所感、吸收時事訊息來延伸抒發。前者需要有能力寫出新觀點；後者只要多觀察、心態不宅不閉塞，便能發現題材處處在身邊。

　　寫詩很難，卻又是當前文創力的重要途徑。如此青春年少，正好是踏上讀詩、寫詩最好的年齡。如能掌握正確讀本，起步就比別人快；除了在投稿、文學獎比賽能過關斬將、推甄加分、也是未來儲備職場能力的出發續力。

咀嚼一首詩的
時間

讀一首詩的時間要多久？一分鐘？一小時？一輩子？

若我說，一首壞詩可以讓人頭痛五分鐘，一首好詩卻足以令人在長長的一生咀嚼回味。那麼，驗證一首詩的優劣，是否可以用咀嚼的時間長度與次數，為度量標準呢？那倒也不是。情人之間私密而粗糙的作品、偏執而自戀的庸才作者，他們這些「臨鏡對照」的文字創作，也符合上述的標準。因此作品還要能拿得出來，接受公眾美感與流傳廣度的更高考驗，才算是驗程完整。

李白、李清照、李煜、蘇東坡、白居易、陶淵明……這些偉大的詩人已逝千百年，但他們的詩詞卻在中國文學的歷史洪流中，成為永不退潮的浪花，拍擊在每一代華人的情感心岸上。我也是接收這些美好詩詞影響的眾多人之一，並且因為愛詩成癮，最後跳入詩國詩人之列。

雖然我寫的是現代詩，可是在國小五年級左右，靠著閱讀自修，我已經嘗試寫五言絕句。及至上了國中，則又學填詞牌，私下將這些不成熟的詩詞，拿給教國文的導師指導。幾乎整個少女

Photo by onon

時期，我都在古典與現代的詩創作中游移。讀三李詩詞和章回小說的同時，也驚艷於瘂弦、洛夫、白萩、鄭愁予等人的現代詩。

　　都說現代詩前衛誇張、意象過於脫離現實，而讓我一直反覆回味的古典詩詞裡，多的是誇飾手法的句子；「千山鳥飛絕，萬徑人蹤滅，孤舟簑笠翁，獨釣寒江雪」你想想這幅白靄靄的景緻裡，遠景拉得多麼遠大、萬物隱藏得多麼純淨，以至於觸目所及的千千萬萬的山裡頭，什麼都沒有，就是要你把焦點集中在江邊、那一個微小卻又醒目的簑笠翁身上。古詩人的對比是不是非常超現實呢？這種強烈的留白、文字意象的反差，並非現代詩才具有此一特性，而是中國傳統詩詞慣用的技巧了。

　　又如李後主〈一斛珠〉中描寫大周后如何柔媚嬌豔、歌聲動人，「晚妝初過，沉檀輕注些兒個，向人微露丁香顆，一曲清歌，暫引櫻桃破……」一個妙詞「櫻桃破」，我們就可以想見

大周后的嘴兒，像艷紅的櫻桃那麼小、那麼嬌豔欲滴，嘴巴一張開就宛如櫻桃破了裂開來一樣，妙也不妙？後主紙醉金迷地把國家玩完了，寫艷詩的筆鋒一變，後來沉痛地寫下許多國破人離的詩詞，也是教人讀之潸然。

　　而杜甫的〈春望〉：「國破山河在，城春草木深，感時花濺淚，恨別鳥驚心……」這四句名詩，更是將人的情感轉寄到外物形象，因此，憂愁時感覺花現愁容留下淚水、悲憤離別時鳥亦感驚心；杜甫以象徵和擬人手法，把動盪時局中的愁人憂情做了最好的演繹。現今那麼多人都說看不懂新詩，我倒覺得，有可能是在古詩詞上沒打好基礎之故。

　　詩詞的世界如此遼闊、充滿著詞人豐富的想像創造，不論古詩詞或現代詩，都可以讓我們利用短短的五分鐘、或空閒的十五分鐘、乃至更長的閱讀時間咀嚼品味，詩詞中所負載的人生情境。讀這本《古典詩詞流行讀》不僅是進修、是重溫，也是享受，尤其加入時下社會情景的說明，能夠讓古今兩般情對照，相信可以引導讀者更進入詩詞的意境了。如果這樣還難以親近詩，我只能說，那真是錯過了人生中最好的部分了。

（本文摘自《古典詩詞流行讀》序文，商周出版，2003）

跟新詩玩遊戲的
小熊

　　如果你還認為，詩歌是菁英書寫、新詩是小眾閱讀、詩集沒人要出、研究詩沒學術出息、新詩甚至已被不同的人判過死刑⋯⋯那就大錯特錯啦！從2009至今的這幾年，傳統出版社跟新進的獨立出版社，有史以來出版新詩集成為一個高峰，並在文創與企劃發想力的職場「隱形條件認證」推波助瀾下，詩人跨界呈現大跨度的步伐，會寫詩、讀詩的人才是腦筋靈活的新人類。種種跡象似乎在推翻以前對新詩的觀點。

　　從前父母要是知道自己的小孩喜愛文學、尤其是新詩或藝術，一定會說「搞文學？有沒有搞錯呀！會餓死的！」感覺藝文少年少女不是孱弱病態、就是神經兮兮，那真是大大誤解、天大的冤屈呀！搞文學跟搞band一樣，都是要活潑、全身動起來的工作。秉信「文學絕對是個動詞，詩從來就是不按牌理出牌的玩意兒」的詩人兼玩家又兼編輯達人也兼大學講師再兼策劃活動達人的林德俊，修練五年，寫出一本「新詩動腦養身修練秘笈」，他提供了一門非凡的路徑，為了大力推廣，他還主動進化為小熊老

師，以熊力來推動新詩的遊戲化，更把新詩活動從局限於場地的領域，直接奈米化進入到人腦的私領域。

　　這個魔術行為，在我打開《遊戲把詩搞大了》，便見識小熊老師將中了詩的毒癮，乃至修行提煉癮頭的精華，還將頓悟心法公布於世；此乃真修練得道之詩人！吾雖前輩，閱覽秘笈之時，仍為小熊融合音樂、藝術、宗教、影視、流行文化等多家功夫，且將東西方古今諸多大詩人之功，解構再構之創新說法、其博大精深化解為己家功夫，嘖嘖稱奇。翻閱此書前，小熊老師有一絕對指示：「請了解任何事物不存在任何正確的方式，相對的，也不存在任何不正確的方式。認識詩的途徑，不論是正方或偏方，只要有助於人們接近詩，或看到詩更多元豐富的面貌，就是良方。」有沒有明白呀！有看明白的人，請跟著看秘笈目錄，保證血脈賁張，有利於進一步練功。

　　從這目錄來看（廣告界和藝術系學生可以偷來做功課）：傳教士的條件、在詩裡找個對象告白、跑到詩裡捉迷藏、挑戰一行詩擂台、五感錯亂寫好詩、模仿是練習也是創造、把詩延長的方法、一來一往請詩入甕、廣告也能這麼詩、字典幫你寫歌詞、放屁之詩與挖鼻之歌、加油添醋的建構式閱讀、伸縮自如的特異功能、最大眾的詩體、爆力十足的狂放fun塗鴉、跨界玩詩亂有意思……就能感覺這是一本石破天驚的寫詩寶典！

　　如果你對新詩完全沒有好感，保證看完第一遍，能有0到60分的啟發；若喜歡詩卻摸不著寫詩的頭緒，看完第二章節應能寫出像詩的作品；假如已具備寫詩基礎，苦於瓶頸或前人的陰影籠罩，讀完此書便能打通任督二脈，哈然暢快。若是悟性極高之人來讀，應可練成有招勝無招之層級。我沒吹牛，我看此書有感，

如與一隻頑皮的熊在過招，腦筋動個不停，虛空中套路招解十分過癮。故推薦：遊戲把詩搞大了，乃宅人居家寫詩、閉關練功必備之良友。國文老師、文學獎金獵人、SOHO寫手、廣告創意人、填詞者、藝術家、大學生能不搶讀乎？

延伸閱讀：

《遊戲把詩搞大了》，遠景出版、2011.2初版。作者簡介：小熊老師，本名林德俊，暱稱兔牙小熊。周遊在文學編輯、大學講師、專欄作家等多重身分，左手寫詩，右手寫評，大腦是怪念頭集中營。台灣藝術大學講師，不定期擔任聯合報、幼獅、耕莘寫作班及全國各大文藝營講師，2005年起陸續在國語日報撰寫「跨界詩漫遊」、「詩歌遊藝鋪」、「在詩歌間串遊」專欄，2010年在明道文藝撰寫「遊戲把詩搞大了」專欄，2011年在幼獅文藝撰寫「演詩魔法輪」專欄。2010年創辦《詩評力》免費報；長年為各式文藝獎、創意活動評審；策劃文學展演及行動不計其數。編有《保險箱裡的星星》（爾雅）；著有《成人童詩》（九歌）、《樂善好詩》（遠景）等書。
兔牙小熊詩磨坊http://mypaper.pchome.com.tw/erato/post/1321953989

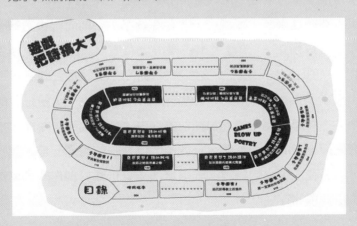

靈感
對待我的方式

　　一到了傍晚，心情就急躁起來，直到走進捷運站中，呆呆地以企鵝之姿站在月台上，才感覺白天已經像剝掉袖子皮一樣地，漸次地減輕工作上扮演的角色，而裸裎自己的內在。那是把身體掛在搖晃的車廂中，開始也把腦袋裡的念頭小獸，一一釋放出來的節奏。

　　可能還想著某藝人出版行銷的發展，卻被另一本經典文學的出版案插進來，「或許……（存在感？）」前者跟後者的一個環節上可以銜接，讓藝人出書變得更有價值，文學被更多人注意到；（顏色？）或許，文案應該改成這樣，而贊助者可以找誰，央請某某來推薦寫序，再配合講座活動……（粉紅色的存在？）不知怎麼搞的，「粉紅色的存在」忽然間起了革命，這個詞把先前思考的通通推翻，它就像閃爍在眼前的霓虹燈，閃呀閃的，逼著我注視它的顯現。誰都無法去分析關於創作的神秘源。而，粉紅色的存在？

　　有可能是感念於艾莉絲‧史瓦澤《大性別》書中的論述，

而浮現關於女性形象的毛線頭。如果順著這條毛線抽繞下去，這梳理的手勢會完成什麼樣的作品？也有可能是因為讀了薛莉的詩、周夢蝶的詩、李康莉的詩、鯨向海的詩、羅葉的詩，甚或是一本有關藝術中的情慾的畫集……又或是近期著迷的LINKIN PARK和ELIZA CARTHY音樂專輯？這麼想著的同時，粉紅色的存在又開始變形。一張臉浮出，句子就自動地出現了，「妳是我憂鬱症的右手／為我的詩句作畫」謎底揭曉。但意念又把答案模糊，連我也不確定了。轉乘捷運時，看到身著粉紅色洋裝的女子，竟有一股衝動想去問她：「妳感覺存在嗎？」其他顏色彷彿變成一種混沌，在眼中只能看到粉紅色、粉紅色，我不禁想：甜美的粉紅色難道也會爆發潛伏的躁鬱症嗎？有沒有一尊粉紅色的度母來解脫我的偏執呢？簡直無法想像有一種完全粉紅化的宗教！我可不是粉紅Hollo Kitty的信徒呀！

下班的人潮理直氣壯地往不同的出口回家去，我則帶著一個令人軟化的意象，一路糾纏地到公公家接小孩。孩子笑鬧的聲音攻佔了我的注意力，身為母親的血統讓我關注孩子的一舉一動。我用最簡單的思考反應，與孩子討論四季與一切他感興趣的，那時腦袋通常是最沒有雜質的。聽他說「大雲牽著小雲的手，往南邊去旅行」、「月亮餓扁扁，是因為沒有吸飽太陽光，所以只能圓一半」、「星星、月亮、太陽、雲都是一家人，所以住在天空裡」……走往回家的巷子中，晚風生動地與我們散步。我就像是剝掉柚子皮的職場婦女，很清新地與最愛的兩個人走在一起。天上半圓的月亮，也是一瓣可口的柚子了。

致於粉紅色的詩篇，先讓它未完成吧……

說 讀

台北人文書店：舊香屋（龍泉店）

意象的林園

　　我在板橋有一張生命地圖。

　　六、七歲時，爸爸的運輸事業做得不錯，我從土城慶安街每天搭娃娃車，到板橋南雅夜市中心的板信幼稚園讀書。捲捲的頭髮、小小的臉、愛塗塗寫寫的小女孩，以為板信幼稚園是世界上最美的學校、是小朋友們生活的中心。那時我的板橋，只認知了幼稚園、夜市，其他版圖得等到國中三年級時，舉家從土城工業區搬來府中路的某高樓。

　　自此，我就住在「林家花園大廈」十幾年，一扇窗下就是林本源園邸、另一邊面臨南雅市場，恰是開展我青春期的視野，跟回眸童年的角度。

　　那是民國七十一年左右，林園已不是落難來台外省人士的歇腳處，多年閒置之故，使她刷上一層神秘色彩。

　　有人說林家二小姐在她的繡樓上吊殉情。

　　有人說林園水池有鱷魚、又一說有水怪生存著。

　　有人說晚上眾鬼啁啾，魔神仔開舞會擾人眠夢。

　　那時真有人作夥進去夜宿探險，報上說，沒見到二小姐的魅影、也沒看到鱷魚或水怪、當然更沒聽見妖魔鬼怪辦轟趴的歡叫；探險者倒是被手掌大的蚊子嚇到，整夜最困擾的是如何不被叮咬，忙著燻蚊香、將書刊卷起打巨蚊⋯⋯這樣的趣聞，我還記憶猶新。日後經過「來青閣」（先前傳說的繡樓），也不怕窗櫺細縫中，有二小姐的窺伺了。

　　一邊南雅市場中的舊書店，是我挖絕版書的寶窟。唸海山高工模具科的我，腦子想的是文學，雙手洗淨油污後，撫書唸詩也練習寫作。兩扇窗戶，林園雜亂而恬靜地等候脫胎換骨、市場角落裡我撿詩拾書，各有景觀可讀。

　　歷經求學波折之後，我成為輔仁大學夜間部歷史系學生。有一年多，白天在出版社工讀、夜間上課，有兩年多，我在加蓋的頂樓生活。三十多坪的空間，我取名為「絕版人工作室」，提供給同仁詩刊社「薪火」聚會、北部詩友的臨時沙龍、寄售詩人們自費出版的詩集和某幾家關係不錯的文學出版社叢書。我自稱，絕版人賣絕版詩集，作絕版傻事。

　　那一段時光，是目前中壯派詩人們，交流最頻繁、各處詩友感情都密切的黃金期。「絕版人工作室」也就扮演了溝通的橋樑。詩友們每次來，我總是帶他們爬到最高的頂層平台，看整個台北盆地，正前方是日夜俯瞰芸芸眾生的觀音山，飛機自林口往下降的起點；東方是大屯山脈，看得見文化大學和以人工種植樹木排列而成的「中正」兩字；後方是中央山脈，春夏之交我常遙望雷電無聲奔走山稜的遠方；西面可隱約見到三峽鳶山、近處是大漢溪轉彎新莊之流勢，過來一點就是林園的三落大厝。一直到1990年代中期，「林家花園大廈」都是台北縣少有的高樓公寓，

視野非常遼闊，我往任何一面的窗戶放眼而去，眼睛彷彿是老鷹振翅高飛那樣，可以載著我的心思到方圓數十公里的地方。

　　詩友與我在板橋的這段日子，變成許多人的共同回憶。而林園也在我們風花雪月的記憶中，有了美麗的變化。民國七十五年林園修繕完成開幕那天，我持望遠鏡看著許多黑頭大車，將西園街停成隆重而熱鬧的車河，從那裡流進林園大門的是省主席邱創煥、縣長林豐正、板橋市長等等達官貴人。對於拆掉鷹架、塑膠護幔的林家花園，我比更多人好奇她的園內風景，卻一直到大一通識美學課程，隨著教授引領我們上傳統建築，我才首次進到園中。那些對古人生活環境的浪漫想像、文人雅士穿梭於水榭樓台的雅致、富家千金隱身在曲折迴廊、作工精美的建築物裡，通通在我眼前展現虛實互融的感動。當然，我必得造訪那隻孔雀，那

隻提早進駐園中的珍禽，每夜總陪我讀書、寫作，「嘎一嘎一」呼應某種寂寞的美麗生物，牠在林園過得是否如深宮中的貴族？

　　時光匆匆，我少年時期從土城搬到板橋，近三十歲婚嫁到三重，又在近四十歲的兩年前重返林家花園。我一邊遊園，一邊看著出現在我生命中的小男孩，對著籠中的孔雀作同樣的好奇觀察；我過去的十幾年換得更成熟的歷練，而林本源園邸在時光中好像更美了。此次重逢，別有一番人事迭替的滄桑美感。

　　這滄桑於我也是新鮮的體悟。林園景物彷彿一直都在等待我的再訪，變與不變之間，其實只是我每次進園的心情，與之感悟相應所生。遊客如織也好、人影稀疏也罷，隨時來林園的一雙眼睛，總看見不同時空中的紅男綠女，在這裡扮演人生過客的戲碼。我看著人們，也被其他的眼睛所看見吧？在林園，建築跟花樹是硬體，人與光影是流動的軟體，風景中有風景在隨時轉變，每一秒皆可觀。

　　這不斷流逝的畫面，在歲月中未曾定格，只有攝影機的光圈能夠攫取，留住一切即將成為滄桑的美感。滄桑就如快要腐壞的果實的前兩天，香味散發得最濃最甜，而再四十八小時之後，誰能儲藏那香與滋味？生命既無常，那麼就到林園來浪漫一回、美麗一次，看季節如何在此地梳妝，聽鳥禽與植物的風中對談，也讓自己成為風景的一角，與林園戀愛……

（寫於三重有品之家，2008.10.7初稿，10.30定稿
摘錄自《林園詩畫光圈》攝影詩集自序）

出版之爾雅

　　台灣出版人的組成很奇特，不論本省或外省，常在市場有所斬獲之後，延伸其他藝文事業。比如皇冠的小劇場，正因創辦人平鑫濤與瓊瑤的組合，提供台灣劇場一個實驗的舞台；幼獅文化早年在瘂弦結合救國團資源，辦文藝營和編輯營，栽培多位知名作家與傳播編輯人才，縱橫文壇跟媒體三十年者大多出自其中；幼獅文藝十年前由吳鈞堯開立創作班，延續提拔新人的做法，已累積多人出書或就業；聯合報、中國時報、城邦集團、三民、唐山、書林、誠品、藝術家等，這些文化企業多以藝文班、藝文沙龍、自家書店、校園書坊、教育演講等作為周邊出版效益，以讓書籍透過活動，接觸到讀者的行銷概念而為之。

　　即將邁入三十六年的爾雅出版，則是一家完全以出版文學、人文為考量的小出版社。這家只有出一種系列的書籍，每年固定出二十本書，不若其他家都有很多響亮、流行的書系或子公司，百花爭放，讓人目不暇給。編號1到700，買到看到都是小說、散文、新詩、談閱讀這類的著作。我少年時的文學入門，是閱讀當

年所謂「文學五小」：爾雅、九歌、洪範、大地、純文學五家，加一家志文，專以中外經典文學、在地創作為趨向而啟蒙的。當中爾雅佔了一半。成為作家後的我更成為作者群，一種良善的輪迴發生在出版社與作家之間。

但是我們都沒忽略「閱讀」這個區塊。出版社跟作家都需要讀者，否則無以生存。我在演講及教學中提倡「越讀」：亦即廣泛的、超越年齡跟生活所專業的閱聽習慣。爾雅則在2002年自家出版社闢了二樓書房，還叫「爾雅」，窗外是廈門街113巷口的百年老榕、水城老台北所遺的深仄胡同，曲折中隱藏余光中舊居的風采、洪範出版社的曖曖含光、紀州庵跟王文興等多位文人雅士的故事。臨窗思邈，這家書房是記憶的寶盒、密封著文學台北的時光膠囊。

2011年春雨霏霏，我帶來三十多位混齡的地方創作班學員，聽爾雅創辦人隱地先生述說出版事業的緣起、寫作甘苦、因出版年度詩選與詩人相交，因而愛詩直到五十六歲才開始寫詩、余秋雨如何轉藉白先勇的一場演講，因緣巧合在爾雅出書，聲名大噪變成知性散文的大師、閱讀如何影響許多人的命運……學員們勤作筆記、現場挑書購書的討論不斷，讓隱地與我深感「文學命脈相傳有繼」。

台灣出版有爾雅一家，如此芬芳。爾雅有書房一方，閱讀鼓舞著創作者不輟，兩個爾雅，令作家與讀者，欣然相逢。

延伸資料：

爾雅書屋，位於台北市廈門街113巷33之1號2樓，需預約，可打電話02-23671021洽詢。

誰人傾聽無弦琴

　　二十四日下午，我一直被換冬日棉被、整理衣櫃、秋颱是否要來襲、孩子的頭髮要不要理、晚餐吃些什麼……分心散渙。直到我發現窗外，已經呈灰橘色——那是大風雨將來的訊息。好吧，我認命地打開電腦，寫下〈誰人傾聽無弦琴〉這篇推薦序。

　　寫作對作家來說，是可怕的病。天生具來或後天罹患，想治療都不可能；你頭痛、焦慮、躲避、視而不見、癲狂、失眠、喝酒、旅行到遠方、頹廢、埋頭工作、放縱、亢奮、哭泣都只是證明：自己是一個擁有作家這個奇怪身份的人應有的正常反應。而一般人卻不可理解「為何會這樣？」為何作家都神經質？所以銅耳先生反穿一件典故不詳的運動衫才能寫作，我著實可以理解那種「越想放鬆就越嚴肅」的心情。（我拼命抑制去沖第三杯咖啡的念頭，而這是逃避跟焦慮的反射，我想我快變成銅耳先生了……）

　　詩人跟小說家最大的不同，也許是在被折磨的時間長短上。詩人靠靈感而發現生活的新意，這「乍現」的激情來得凶猛，詩人若能趕快用文字捕抓住，即完成整個獵人／被獵物的過程。但

小說卻一點一點滲透你的現實、交錯在生活的節奏中；有時竟不知是在「活著」，還是「演著」？作家會不知不覺在生活中借出時間，失神地以想像中的主角去看這個世界──他同時是自己，又已變成另一個人，而時間短則幾日、長則數月，有時更久，久到個性也變了。

銅耳先生常常後悔。劇情的轉折、角色的塑造、遣詞用句的筆法，當然，主角到底要不要死，絕對是小說家最常反覆推敲、悔恨的設計之一。相對於詩人能否減幾個字、要不要多一行來烘托意象；小說家的後悔較常發生在創作的進行式，詩人則在寫完之後。因此，我頗同情銅耳先生的挫敗之感。然而我又更同情創造出銅耳先生的高栗；他深知作為藝術家、插畫家、詩人、小說家不同形式的焦慮、與折磨週期的交替，高栗卻選擇創作《無弦情》來面對（我相信他創作此書時一樣感到焦慮），我不禁將此書視為作家共同的懺情書。一種深深的脆弱感，在第一次讀這本書的時候，痛擊了我。我明白平時自己都在掩飾身為詩人的敏感、內向。我寫出詩人的狂傲，卻不能向讀者道出作家的軟弱；那疼痛，既虛無卻存在著。

那是承認自己比一般人更無能、常常只是在虛空中築天空之城，許多理念無法在書寫中得到回答，幾乎是精神分裂地「自己拷問自己」：辛苦創作是為那樁的疼痛。

閱讀絕對比創作幸福，但創作比閱讀更超越「高潮」。高栗明白我在說什麼。所以，高栗創造銅耳先生來作為替罪羔羊的模型，而這模型可以套用在任何一位認真的作家身上。2004年10月24日的下午，台灣詩人顏艾琳變成高栗筆下的銅耳先生，這樣的折磨，已經要結束在這最後的一行……

詩歌聲情的拿捏

也談大陸災難詩的粗糙

　　寫詩的目的是什麼？回到生命中確實感動自己、也想跟別人分享的最初情境裡，那就是詩人之為好詩人的開端。由於詩人敏感，往往發生大事之際，他們總是最先發出情緒吶喊的人。2008年5月下旬，我跟詩人白靈、羅任玲到上海與北京交流，恰好是汶川地震後的療傷初期，在不同詩歌活動、媒體報導、街頭海報……詩歌確實顯現了大團體心情的第一聲音。但是，詩歌活動與義賣募款的藝文沙龍裡，有關川震詩的作品朗誦，我還是常常聽得　身雞皮疙瘩，從有點感動到最後麻痺木然了。

　　詩的聲情表演，到底是詩作的好壞較重要？還是朗誦者的表達方式決定了聽眾的感受力呢？在這次我看到有關川震詩作的文本及朗誦，恰好可以做一次傳統激情朗誦，跟現代聲情演出的分野。

　　台灣在1950至1990年代的朗誦表演，承襲「反共愛國」精神指標，多為中原鄉愁的意念，恰對應出大陸當時普遍保守的寫實詩。兩者之間最大的共同處，都是詩作明朗、口語化，充滿激

昂悲愴的文情，適合在大場面（政令宣傳）由丹田發聲，聲情易
流於呆板造作，乍聽之下有如被五雷轟頂，當下容易在團體氛圍
中受到震撼，但經過時間一代代流逝，能留給後人反覆咀嚼詠嘆
的，反而是讓人從內心不由得想發出共鳴聲音的作品，而非當初
教人聽了頭皮發麻的「大氣魄詩作」。

　　在北京的交流行程中，兩岸詩人於飯局的私下沙龍裡，我聽
到年輕詩人千島自己朗誦為川震寫的詩，不覺內心有一種微微的
撼動而逐漸轉強。千島讓聲情如實地表達個人的內在情緒，反而
將「聲波」傳給了現場每一人。這首《野草莓——首先為地震災
區的通報祈福 》，是他在川震後的兩天所寫：

　　　鄉下的野草莓，你的眼神真美

　　　你的眼神在雨水中，勝過表白

　　　勝過一連串的南方小調

　　　在湖畔的下午，野草莓

　　　蒙有一層淺淺的歷史，二十幾年

　　　我從你身邊一嘯而過

　　　我走過的廢墟，有人疼得厲害

　　　有人在我走時，便歸來祭奠

　　　你身邊的山茶花，落滿笛聲

　　　而野草莓，你周身紅色

　　　讓我憐憫起一把灰色的布傘

　　　在一個有雨的下午，一個灰布衣

　　　我憐憫起一隻滿腳泥濘的耕牛

　　　他們迎面而來，投下我前些年的日子

野草莓，你周身紅色
你周身沒有嘲笑，只有一個祝願
在我開進北方的時候，野草莓
我尚沒妻子，和鮮豔的禮服
我只有你，只有初夏裏火紅的夢
在你一深一淺的歌聲裡，野草莓
如今我攜春歸來，與你還願
如今，二十幾年，一切通紅

　　千島將野草莓鮮嫩、受壓的紅漿爆裂形象，比喻川震中受難的廣大學童；在轉化的畫面中呈現大陸農村孩童的臉龐。詩人結合大自然的無常，顯示出及時創作的沉澱、盪平之後的內蘊，沒有過激的強烈渲染企圖，卻真切地拿捏到詩與朗誦兩者的內外聲情。這就是最好的聲情，再無須添加其他表現的雜質了。透過千島這位年輕詩人，我發現：大陸的詩歌表演也從「連爺爺，您回來了」正在轉變中……

延伸資料：

千島，特特的影子，網站http://blog.sina.com.cn/xiangfeng。

人在半中
亦圓滿

　　這是我第一次幫出家法師的著作寫序。答應之後，竟有點忐忑。

　　那心中的不安，是害怕自己非常淺顯的佛法知識，如何能為一個修行多年的法師，其用智用情所寫的出世文章註腳？結果，收到全書的目錄與部分文章詳看後，我驚訝地發現：滿觀法師的這本《半中歲月》，絕大部分是用一種入世的、全觀的格局，藉閱讀書評的心得，耙梳自己對人生、環境、時空、世潮變化、文學……等等主題的思維跟獲得，化為文字與世人分享。

　　這也讓我更深刻地體會到，台灣這數十年來的宗教環境、人事結構、淑世態度，已從深山叢林漸次走向社會人群；因為行的是入世法、生活禪，與大眾更貼近，所以也就要夠了解一般民眾在關心什麼，煩惱什麼。出家眾對俗世生活有了基本瞭解，才能尋求解決方法，拔脫眾生的苦惱。於是我臆測滿觀法師的多元閱讀，一半是為知曉時勢之所趨，一半是為求得度眾生的現代法門。

　　從目錄所列的書單可以看出，滿觀法師涉獵的範圍廣及宗教、自然環保、動物、慢活、文學、歷史、人物、趨勢觀點、經濟、生死、佛法……諸多面向，而非偏重某一類的書籍。乍看這份書單，一般人可能會覺得很雜，也會質疑出家法師為何要看《魔戒三部曲》、《少年小樹之歌》、《熊秉元漫步經濟》、《狼圖騰》、《白色巨塔》、《水煮三國》、《所羅門王的指環》、《浮生六記》、《@趨勢》、《漢字的故事》、《刺鳥》、《門外漢的京都》這些各式各樣的書，對他的濟世工作有何幫助？而對於本書後半段所提到的《六祖壇經》、《心經》、《金剛經》、《妙法蓮華經》等佛經就覺得理所當然？應如是也？

　　殊不知，滿觀法師所讀的這些書，皆是有道理的。不僅不違背出家人的修行，而更能一窺法師度眾之心的辛苦。像比較流行的大書《魔戒三部曲》、《狼圖騰》、《白色巨塔》雖然橫跨科幻、人與動物、醫院等主題，但因為法師每天都和不同年齡與背景的人接觸，在與眾生對話時，便有相應對談的話題，或在遇到相關領域的人時，有適時切入的語彙；不至於跟民眾產生隔閡，接不上話的情形。還有一種狀況，那就是法師可以提供這些書本的內容，讓沒有讀過的民眾有所借鏡、參考，不僅幫人解決疑惑，也推廣了閱讀。

　　滿觀法師文筆極為流暢、文思帶著溫馨情感、立論公平有理、抒懷坦然、一派純真，以出家人的心胸眼界，道說對世俗萬物的攝受、閱讀諸書的理絡心得，足以作為忙碌的現代人閱讀上的引導，或可視為一份上班族讀書會的書單。因為這本書的內涵，恰能補足一般人對台灣歷史、中國文化、世界趨勢、生活形

態的演變……種種普遍知識的遺漏，尤其是經一位具備大德智慧的法師所篩選的書籍。

　　法師以「半中」自謙，也隱喻更要奮進提升的心意。此一中庸，立眼當下，人生實已進臻圓滿。願大家一起領受滿觀法師的智與情。揭諦揭諦，波羅揭諦，波羅僧揭諦，菩提薩婆訶……

　　　　　　　　　　　（香海文化出版《半中歲月》序）

掙脫文字的泥沼

　　「在這慘淡的文學時代中，做一位純自由的創作者，真是跡近絕種……」你的苦楚，我懂，但是作為文字工作者，還是先把錯別字減到最少吧。我常在部落格跟臉書上，收到一些寫手及學生們的來信，若是有人對文字工作抱持夢想，我總是語重心長地給予意見：尊重這份工作，首先是學習正確的中文文法，及減少用錯別字的機率，如此才能進一步談創作的進階。

　　我必須承認，我從事文字創作三十年、編輯工作也有二十年的經歷，但中文的複雜與變革，尤其繁體和簡體的快速交通、正俗字的詞性通用……等等問題，還是常常令我埋首在電腦和編輯桌時，停下作業，咬著手指思索，到底哪個字才正確呢？有疑問時一定要問，問了如果模稜兩可，就要查辭典。或利用網路搜尋。

　　但現在的E世代連上網搜尋都懶得做，不時有作家跳出來罵懶惰的大學生，何況用字、查字義；每每我在評審各種文學獎、以及審視投稿作品時，看到錯別字連篇就有氣。這麼正式的比

賽、和慎重的投稿、出版事宜，作者怎麼輕忽至此？所以評審桌上就會發生，原本應該前三名的作品，落到佳作之列；寫得不錯的作品，因為規格混亂、別字過多，給人不自重的感覺，而遭退稿的命運。對於辛苦經營創作志業者，影響可謂重要。

我實在不懂，一個想創作的人，如何能不打好基本功，就急著發功打擂台？如何能不對創作的整個過程謹慎對待，自持自重？也有一種情況是這樣：自以為打通中文的任督二脈，作品中大量組合自創詞句，意象破碎，通篇喃喃自語，教人不知所云。例如：「母親將家中打掃得非常爽亮，結果妹妹不小心打破一只蟬翼一般的碟，爺爺連忙像大鷹張翅護著妹妹，說：歲歲平安，睡睡平安，今天大家都會睡得很好……」這是發生在高中的比賽。看似饒有新意，讀之邏輯意象卻偏離，實是令人啼笑皆非。

而近年廣告常以諧音來改變成語的意涵，使其文意扭曲、或有雙重影射，加強吸睛效果。結果年輕學子不察，甚至信以為真，在作文中還真的運用上去，什麼「某某真是狡猾，常逞口舌之快，一『賤』雙『刁』——一句話就把兩個人損到。」也有運用得不錯的例子：

「搖頭丸真是high人不淺。」

「醉不上道」

「你不『鳥人』，鳥不理你－請尊重賞鳥規則」等等；語文的誤用與趣味，端看使用者的功力，可不是隨隨便便胡謅一通。

通俗字的大量被承認，則是積非（俗）成是的結果，只要全書或全篇統一使用，不造成閱讀干擾即可。例如：蘆溝橋／盧溝橋、週年／周年、聯絡／連絡……但是，「興沖沖」和「興匆匆」意思是不大一樣的，「黯淡」不明亮、悲慘貌跟「暗澹」

無光影、不順利而勝算少，兩詞意涵亦有差距。瞭解字詞的原意，對於創作時遣詞用字是大有裨益的。

如果說文字創作是深具個人魅力的烹調魔法，那麼識字、用字則是重要的處方配料。「不管文學如何慘澹，純創作如何幾近絕種」，只要先能真正識得「字」，從文字的泥沼中掙脫出來，創作的地基才會穩固，而真正文學的魅力才能揮灑自如。

你買書了嗎

「請問，要怎樣讓孩子喜歡作文？」

「新詩可以激發孩子的創意，那要怎樣讓孩子讀詩？」

「孩子就是愛電腦遊戲、不讀故事書，怎麼辦？」

「老師，讀文科的孩子將來要從事什麼工作？」

以上這些問題的癥結，不知您看出端倪了嗎？這幾年來我在講演時，發現一個越來越奇怪的現象——我提到所謂的經典作家和書籍，台下聽眾好像是第一次聽到一樣，臉上充滿問號，令我感到不可思議。尤其在幾個地方第一志願的高中、大學名校，兩三年前可以跟聽眾順利互動，到了2008年之後，居然連瘂弦、洛夫、白先勇、楊牧、羅智成、夏宇、張愛玲、朱家姊妹都不看了；離奇的還有，當我問「那你們讀什麼文學作品呢？」連網路崛起的痞子蔡、敷米漿、還堪一讀的深雪、通通都已落伍了！只剩一把到處脫褲子的九把刀！而最通俗的金庸更是透過on line遊戲認識小說中的楊過、小龍女、金毛獅王謝遜、偽君子岳不群、東方不敗、張無忌……這群該具叛逆力的學生，竟在閱讀水平上

統質化到令人咋舌的地步，有部份人更完全不碰紙本書了。

　　我問為什麼？學生聽眾回答，考試升學壓力太大，父母不准看課外書，無暇參加社團及看閒書。一般聽眾則是，工作忙，無法靜心吸收藝文訊息。再問他們一個月讀幾本書？一年下來在書籍跟音樂等相關活動上的消費多少？每人一年超過3,000元的簡直少之又少！試問，家庭環境沒有讀書氛圍、以身作則的大人都沒有書籍消費習慣、休閒只是盯著電視看、平時犒賞家人就是吃吃喝喝，而不是買書獎賞孩子；讀文科的學子只侷限在學科上，忽略文字潛藏的創意連結，還有教現代文學的教授自己看不懂新詩，卻上網搜尋易讀的作品馬虎教學，學成沒有一套系統，等於學生在解脫十二年國教之後，在大學仍無法接收文學的精華養分。

　　難怪大學生普遍程度低落！難怪作文班生意越好、出版社和書店卻快撐不下去！難怪企業主大嘆年輕人眼界跟格局窄小、專業知識不堪檢驗！每次演講，就換來我更大的焦慮與難過，總是勸父母們把買參考書的錢、補習費挪為親子的戶外悠閒、到書店買書之用。而他們也總是低聲抗議，「因為你是詩人作家，當然看得懂……」那麼唐詩三百首總可以作為基礎吧？「我們古詩造詣不高，無法教小孩唸詩詞。」買那種有現代白話註解的版本。「讀古詩之後，真得就可以看懂新詩嗎？」活生生的例子站在你面前，還懷疑？於是開一張洋洋灑灑的新詩讀本跟白靈、蕭蕭、向明、丁旭輝等人寫的新詩方法、論述解答書單給聽眾了事。

　　亞洲人的教育價值因注重分數高低，而磨損了孩子的想像力，此乃不爭的事實。來聽演講的學生、父母想必是感受到社會價值觀的轉化，所以欲接觸外界的聲音。但他們要痛定思痛的

是，自己若不愛讀書，又怎能引導孩子喜歡上閱讀跟作文呢？把讀詩變成簡單的方法，就是爸媽需要重新啟發自己的童心、帶著孩子一起看兒童刊物、讀本、故事書，常與他討論有關閱讀的話題。這些發問的大人及學生們，其實握有一把通向創意之門的鑰匙，就看個人何時啟動而已。

　　講兩個讓大家害怕的實例：某公立大學徵一位助理教授，卻寄來約五百份的履歷，系主任千挑萬挑選了八個人來面試，第一個問題是，「請問，你研究的主題是什麼？哪個學術面向是你的專長？」最後通通一個也沒選上！另2011年11月12日新聞報導，這十年來的公務員普考，所有報考的博士都考輸給高職畢業生，竟然一個也沒錄取過！這就是栽培孩子讀到博士，卻無一技之長而失業的悲劇！

越讀

2011年11月參加廣西北海詩會，右起：
1瀟瀟、4楊克、5美國詩人梅丹理、7作
者、9嚴力

重回唐朝詩樂狂

　　唐朝，一個大好盛世，文武雙全且風氣開放的黃金王朝，也是詩詞、音樂的盛世。唐詩不只三百首，但光是這部詩選，便成為全人類的文字瑰寶，千年讀之不倦，再一個千年也仍是要讀的！以前宣傳詩要透過樂府、歌伎，也總是中國傳統絲竹樂器；二十世紀末的北京，卻出了一個叫「唐朝」的搖滾樂團，走的曲風是西洋重金屬，又吵又鬧嘶喊出來的歌詞卻非常文謅謅，震驚全球華文音樂界。加上幾名團員都是180公分以上的高大長髮漢子，說他們聳然出拔、驚世駭俗也不為過。因為那是1992年剛開放不久的中國北京。

　　1993年，我跟三名好友穿著最普通、質樸的襯衫、牛仔褲、休閒布鞋來到北京，以為可以混入北京人的生活裡；結果這一身打扮，反而無時無地被人識破，原來當時北京男的穿Polo衫跟西裝褲、女的著洋裝且要把絲襪穿給人看，才是「文明裝扮」。這趟北京行一開始從衣著就敗露我們觀光客的行跡，每到觀光景點，買的都是價差20倍的門票。

　　琉璃廠、老胡同、老舍茶館、餃子宴、十三陵、長城、天壇、故宮、圓明園、頤和園、天安門、維爾吾村……走了好多地點，不過眼裡看的比不上耳朵聽的過癮。當時中國搖滾點起一把火，就在北京街上，長髮、緊身牛仔衣褲、皮衣皮靴、一派個性的男女就是最招眼的風景。那時剛開放的北京，「聽的吶喊」比「看的文明」還要更能釋放苦悶的北京人。崔健就像羅大佑之於台灣一樣，「一無所有」之外，就是絕對吶喊、高亢的「唐朝」了。而四個高大彪漢把中國五千年的文學精神，以電吉他雨點般地刷出來、振奮脈搏的鼓點打出來、主唱丁武嘹亮拋尖的嗓音給唱出了另一個「唐朝」！這首〈夢回唐朝〉真是寫得麻辣利索，反應中國人在時空的轉變下，東西觀念的拔河拉鋸、生活形式變遷而不得不適應：

菊花古劍和酒　被咖啡泡入喧囂的庭院
異族在日壇膜拜古人的月亮　開元盛世令人神往
風　吹不散長恨
花　染不透鄉愁
雪　映不出山河
月　圓不了古夢
沿著掌紋烙著宿命　今宵酒醒無夢
沿著宿命走入迷思　夢裡回到唐朝
今宵杯中映著明月　男耕女織絲路繁忙
今宵杯中映著明月　物華天寶人傑地靈
今宵杯中映著明月　紙香墨飛詞賦滿江
今宵杯中映著明月　豪傑英氣大千錦亮

今宵杯中映不出明月　霓虹閃爍歌舞升平
只因那五音不全的故事　木然唱合沒人失落什麼……

　　這就是華人第一個寫出中式歌詞的重金屬搖滾樂隊。我到現在心情不好之際，就會放「唐朝」來聽，跟著丁武捏嗓子唱那搖滾式的京腔，真是解放極了！2006年夏天他們來台灣參加「貢寮音樂節」，與號稱台灣第一團的「刺客」互尬，不知海灘上有多少搖滾迷，也被兩岸的天團解放了呢？

延伸聆聽：

1.《夢回唐朝》唐朝樂隊，中國火製作、滾石發行。在唐朝貝斯手張炬車禍過世後（1995年5月），中斷多年，後曾出第二張專輯《演義》，但口碑較差。

2.刺客是台灣重金屬搖滾的始祖，官網http://tw.myblog.yahoo.com/xxvv11222-dddfd62。

周雲蓬的
盲人影院

　　每個人都有一個自己的盲人影院。周圍是空蕩蕩的無邊無際的座椅，螢幕在前方，那不過是一片模糊的光。我們在黑暗中誤讀生活，自言自語自說自話。只有想像它真實如流螢，在我們的現實和夢境裏盤旋閃爍。一個現實的人，也就是一個抱著自己冰冷的骨頭走在雪地裏的人，而想像是我們的裘皮大衣，是雪橇、篝火，是再也無法看到的螢幕上的春花秋月，最後，等著死神，這個領票員，到我們身旁，小聲提醒說，電影散場了。他打著手電筒帶我們走出黑暗。

　　我的文字，我的歌，就是我的盲人影院，是我的手和腳，她們甚至比我的身體和房屋更具體、更實在。感謝她們承載著我在人群中漫遊，給我帶來麵包、牛奶、愛情和酒。

　　　　　　　　　　　　　　　　　　——引自〈盲人影院〉

　　我喜歡音樂，台灣也喜歡辦音樂季、音樂節，我們的空氣

裡總有音符在跳舞。熱鬧的搖滾自從多年前新北市的貢寮「春天吶喊」，一路招喚出墾丁的「春吶」、花蓮在年底十天不中斷唱到隔年元旦的旭日東昇、另有各地不勝枚舉的中小型搖滾季；以「慢活輕活」、「綠能環保」、人文意識濃厚的有「簡單生活節」、「草地音樂節」、「流浪之歌音樂節」等等。一年到頭買票入場的、免費公開的音樂活動，簡直可讓不同型態的音樂迷，聽到耳朵出油⋯⋯

　　年青時叛逆，我曾在念高職時組過Band，團名叫「Lonely Wolf」。沒成為音樂人的我後來成為詩人作家，但追蹤好音樂卻比別人敏感太多。專作世界音樂、文學民謠、大自然跟原住民主題的大大樹音樂公司，在2011年初秋，便邀請了大陸著名盲歌手周雲蓬，來台「流浪」唱他的詩歌。而他的《春天責備》也一併出繁體字版，我和馬世芳、張鐵志都為之新序，台灣民謠教父胡德夫也擔任推薦。

　　說實在的，大陸這二十年音樂，我只接受了崔健、唐朝樂團、朱哲琴、竇唯、王菲、一部分的宋祖英跟謝雨欣等少數，連許巍、張楚、花兒⋯⋯我那太個性的耳殼都不肯聽。直到前陣子接觸了老周的《牛羊下山》，狠狠感覺到又被撥動了心弦。

　　周雲蓬的眼睛不是真瞎。因為明眼人不會像他看那麼多書、懂得那些個哲理、人生的信仰。他是個明心見智的行者，走過大半個中國，盲杖是他武器的偽裝，音樂則是他的氣功、太極，足以初聞之一霎那，就受傷或治療，就感到一股氣沖到咽喉、眼淚被逼到懸崖的極限；就覺四肢舒暢、仰首欲長嘯。哭笑之間，由不得對手反擊。

　　周雲蓬的聲音裡有一條路，連接他的詩和詩人們的作品，

你若聽著聽著，便回到唐朝、宋朝、城市的輝煌夜景、蒼涼的雨夜、鄉下無以名狀的那種無聊的寧靜、男女情愛的離合、有勇氣跟悲苦、也有瀟灑與難捨依依。

那聲音把吉他的六條弦降伏，背景音樂都成了仙女散花，我們要見的是那飄然來到眼前的絕美幻象。那條路讓人上天堂，也走到可以俯瞰地獄的火山口，而老周卻說，「音樂不在空中，它在泥土裡，在螞蟻的隔壁，在蝸牛的對門。當我們無路可走的時候，當我們說不出來的時候，音樂，願你降臨。」對，周雲蓬的音樂會高空彈跳，讓一顆心高高低低、抓不到這世上的真實，只能將眼睛閉上，消掉時空感，如懸宇宙虛空中。周雲蓬是我目前遇到，唯一一個，男的飛天。

顏艾琳你瞎了，飛天哪有蓄鬚留長髮？對，我瞎了很多次。我以為自己堅持愛情，愛情就不老；我以為不上班、時間就自由；我以為不教書、就不擔心年輕人；我以為化了妝會更美、我以為喝酒不會醉、我以為再不碰感情、我以為沒人真正想了解我……自以為是聰明人，便看清現實，卻老是碰壁、受傷。這不是瞎了是什麼？還不如跟老周一樣閉起眼，把向外索求世俗的雙手收到口袋裡，吹一段口哨，自嘲失敗的無所謂。音樂裡，我跟著老周的牛羊下山囉，入世一般的懺悔愚行。所以，飛天、天使就不能現搖滾模樣來度化人？假如這世界有一億八千萬的龐克族跟搖滾人，他們都不需飛天來引導一條明路？

看看周雲蓬寫的〈饑餓藝術家的饕餮大餐〉，他在龍蛇雜處的地方多機伶，要是我，只能擺一張臭臉、斷掌隨時準備拍人。那篇寫的人影、話語、味道，敘述生猛有趣，他若不是飛天，有靈通，盲人可以寫出如此畫面？不然就是他在想像中自導自演，

騙我在宋莊曾有這樣一個聚會。沒關係，我認識那兒一掛畫家、詩人，我來偵探一下，是否周雲蓬紅酒兩杯下肚，眼睛就開了？還有〈嶗山道士小青島〉，老周又騙人，「大部隊到齊，真是一個人山人海，數一下，有六十多人。問小河怎麼坐，小河說：都坐一起，把桌子拼起來。聞此聲，飯店老闆面露迷惘，估計是調動了腦子裡所有的幾何知識，在想怎麼拼桌子。有人建議擺個T形，有人建議擺個王字。老闆更茫然了。」人家表情迷惘、茫然，他寫成一副無能的傻樣，叫我邊讀邊笑。

　　也有讓人感受到，老周抒情、豁達的一面。「拿出事先買好的啤酒和煮雞蛋，喝上兩口，於是世界就成我哥們了，坐在我旁邊。」那是他首次單獨上路到遠方的心境。這樣無懼的輕鬆，就連一般人都不見得有，老周卻睜著一雙非常朦朧的眼，上路、張望、寫詩、歌唱。從他的詩、文章中，我讀到他溫軟的、慈善的心腸。他的詩，不只是看而已，還是能唱的電影主題曲。因為，周雲蓬的《春天責備》，是他播給世人看的一部超級影片。

延伸閱讀：

《春天責備》，周雲蓬詩文精選、附三首原創歌曲，2011.9初版，華品文創。
《中國的孩子》、《牛羊下山》、《紅色堆土機》等周雲蓬音樂專輯，皆於大陸發行，台灣只能透過他的官網、淘寶網等方式購買。

書店，有何不可

　　說起台灣的人文景點，敦南誠品24小時營業，可供動腦的夜貓族、不想去夜店狂歡的觀光客，一個隨時可逛可看可買的綜合書店，它與信義區誠品同為台北文化的地標；寬闊明亮的場地、簡約時髦的裝潢風格、不時舉辦的作家簽書會、新書發表記者會、藝文座談、攝影、繪畫、文創展覽，讓誠品不僅僅是連鎖書店，更是展現台灣藝文最新動向的平台。

　　近三十年來，第一家以多元經營書籍、文具，乃至結合民生時尚消費的金石堂，流風所及而陸續有紀伊國屋、何嘉仁、墊腳石、建功、三民、幼獅廣場等類似書店的崛起。但二十年前誠品立足台北東區，一個高檔位置、且充滿流行之地的仁愛敦化圓環，便揭示台灣人文風向球，走向一個絕非傳統、區域性格、單純供貨的時代了。

　　這麼多年過去，上述的連鎖書店亦有風光歲月，但隨著網際網路興起，閱讀人口逐年削弱，文學、電影、音樂等原創創作，卻淪為小眾市場，這類書籍在上市不到一個月，便回到出版社

的倉庫，可謂浪費了作者、編輯、印製、發行等智慧與人力的資源。因此，有一群真正懂書、惜書的愛書人，成立了獨立性質的人文個性化書店，老闆們只賣自己喜愛的作品，也提供店面舉行另類沙龍，讓台灣非商業非暢銷的藝文作者，繼續有舞台可供揮灑。

　　其中我最喜愛位於淡水碼頭的「有河Book」。店老大686、店小二女詩人隱匿是一對廣告創意跟視覺創作的結合，是夢想實踐者、是愛書藏書賣書的夫妻，在離開職場後，覓得淡水小鎮二樓片店，開起這間有陽光有貓有海風、販書販酒販咖啡、辦演唱辦影展辦沙龍的「有河Book」。

　　開店不久，我自書蟲友人聽到這對夫妻的理想，便邀他們來我家吃飯、聊天，捐贈兩三百本書籍作為開店資源，提供數十本

罕見的絕版書玩拍賣，替這家書店搞點宣傳。而詩集、個性化的音樂專輯、手工限量文創作品，是「有河」經營的主流，這樣獨到的硬脾氣，是教人心驚的。

　　果不其然開店一年，就得知小店營收慘澹要關門；好在愛書人用網路串聯通告、實際到場消費，而讓它得以生存下去。經過這些時間上的經營調

顏艾琳與金莎，在有河book

整、書店變成台北重要的人文景點了。香港、日本、韓國等地的遊客來到淡水，也會找上這位於禮品店2樓的小店。聽686說，一個遠從新疆來台遊玩的人，由於太喜歡這家店的風格，還向店老大、店小二說，回到拉薩以後，會如假泡製出一家相同的書店，當場讓686和隱匿傻眼。

　　而每當有大陸詩人、文化界朋友來台北，我會事前告知他們，空出一個下午，我帶他們到淡水「有河Book」，喝一杯686親調的咖啡、或品嚐每日限量出廠的荔枝啤酒跟哈密瓜啤酒、挑幾本書和獨立創作音樂、手工藝品、看山海在眼前戀愛、拍攝這裡有名的貓族名模……感受一下生活跟閱讀，可以在輕鬆、放弛的氛圍中，獲得十足的心靈充電。

延伸資料：

有河book書店，位於新北市淡水區中正路5巷26號2樓，在網路上打關鍵字，會出現很多老闆架設的blog，公佈書店近期的講座、新進熱門書籍。臉書上亦有他們的粉絲團。周一歇業。

書香有味藏舊居

　　師大路、雲和街、溫州街、廈門街這幾條隔著羅斯福路的窄小胡同，所形成的台北藝文棋盤，大概是遇到作家、藝術家、學者、音樂人頻率最高的區域了。附近的台灣大學、師範大學一世紀的人文薈萃，以及大量國際學生來台學中文，造就此區的出版社、中外書店、書畫裝裱、異國餐館、咖啡廳、酒館、服飾店的興盛。它結合了教育、娛樂、人文氣息的無國界氛圍，讓社區營造者看中這裡多元且豐厚的內涵，幾年前以「溫（州街）羅（斯福路）汀（州路）」劃為文創季的活動範圍，演變為年度盛事。

　　「溫羅汀」策劃有各類藝文講座、社區生態植物研究、建築群落的走踏、老照片老故事的蒐集展示、傳統與新潮手工藝的創意市集……等等，不僅讓從事藝術技能的創作者能公開販售、也讓民眾能透過活動與心儀的作家一起重溫台北的故事。作家韓良露主持的「南村落」、金門籍書商所經營的「茉莉」與「胡思」、以及吳氏二代自1979年營業的「舊香居」，新近開店的「青康藏書房」舊書店，都是人文講座的沙龍所在地。

　　而其中位於龍泉街81號、年資最久的「舊香居」，更是知名藝文人士出沒的超級地點。「舊香居」第一代主人吳輝康從前經營古籍與字畫買賣，由信義路國際學舍、永康街、金華街等地輾轉遷移，最後落腳在龍泉街之後，便讓第二代吳雅慧、吳梓傑姊弟經營。兩人自小在充滿書畫環境、藝文人士的往來、古物買賣的鑑定欣賞中，過眼許多文壇人事。因此年紀雖輕，卻有兩雙火眼金睛。

　　吳家以中外文史哲學、社科類及藝術類專業書籍，名人書畫、手稿信札、文獻史料、線裝古書等為主，亦提供委託古籍、書畫買賣、拍賣服務、代客尋書等服務。多年的經驗累積，使「舊香居」成為台灣、香港、日本等地的官方、民間文物展能提供各年代第一手資料與出版品的智庫。比如國家圖書館「五四文學人物展」（2009）、台北市文化局2008-2011「台北文化護照」、第19屆台北國際書展「台灣主題館／精采一百·文化記事」展（2011）……官方活動。

　　近年來他們也在書店的地下室辦過「清代台灣文獻資料展」2004、「日據時期～五〇年代中小學課本展：一二三年級上學去！」2004、「三十年代新文學風華：中國新文學珍本展」2007、「五四光影：近代文學期刊展」、「張大千畫冊暨文獻展」2010、「八位書籍設計家的裝幀時代：50年代絕版書籍設計展」2010、「名家版畫展」2011等多次精彩的文資、書畫展。

　　一家書店有這樣的實力，放眼國際的漢文書店實屬罕見。那是因吳家人以法國的「莎士比亞書店」為目標，希望守護珍貴的書籍寶庫，成就更多作家與學者。而台灣之前缺乏類似書店，常因時間斷裂而造成愛書人的遺憾。但文化底蘊實繫於書，擁有

豐厚資料的舊書店，正是衡量一個社會文化水準的尺度。「舊香居」乃朝著百年書店的心態在經營著。

　　他們除了不定期辦各種講座跟展覽，講座部分從學術專題到歐洲漫畫，範圍涵蓋不同閱讀族群，常與愛書人共同賞書、分享書籍、作家的知識跟軼事為樂。筆者的藏書曾寄售在別家半年多都賣不掉，一轉到「舊香居」才五六天，就被通知高價售出。只能說這家的選書、顧客群都很高水平。下次有機會來「溫羅汀」，除了品嘗公館台大附近、師大夜市這區的美食，喜愛汛訪舊書香的雅士，一定要到龍泉街的「舊香居」來淘寶。

舊香居名信片牆

舊香居名人信札海報

延伸資料：

舊香居，有兩處店面，台北市大安區龍泉街81號，02-2368-0576；台北市興隆路三段162號，02-2239-0988，專收文、史、哲、藝術、古舊書、文獻資料、名人信札書畫。營業時間：13:00-22:00，周一公休。

聯絡信箱：jxjbooks@seed.net.tw。

部落格http://blog.yam.com/user/jxjbooks.html。

金門漫讀、慢活

翻過一頁烽火
煙硝與霧散去
歷史已釀成高粱酒
金門作東來辦桌
邀兩岸乾杯和平酒

——〈金門作東〉

倒轉

來到金門，就回到三十年前的生活情境，不，也許更早，早於我出生之前的爸爸媽媽、阿公阿媽的童年。那樣，我就熟悉了自己來不及過的年代，窺探到長輩與前人的動作言行；我喝茶就是阿公蹲踞在廳階上喝茶、我烹飪就是媽媽在半中半西的灶腳做料理、我呼喚孩子吃飯時就是呼喚童年的自己轉來吃暗頓、我抬頭看的星空就是阿媽看的閃爍銀河……我確切活在從前的日子，連兒子跟姪女都有一種怎樣都能快樂的天真靈活。

是呀，我來了，我回到已經消失的「家園」……

寄一隻鳥到台北

金門於人而言，是僑鄉；於自然而言，是鳥鄉。來來回回三十幾趟台金之間，我仍是旅客，一隻漂鳥。

每次來金門都不是為了賞鳥，卻總在無意中就賞到鳥。2004年10月來看碉堡藝術節，就在古寧頭馬路上，三隻環頸雉神氣地緩慢踱步，每當我很接近時，牠們才跑一下拉開距離，若即若離的情景頗令人好笑；又一次2005年12月與洛夫賢伉儷等人在金門，原本去慈堤是想約會夕陽，卻撞見數千隻鸕鷀飛回歸巢，整片天空交錯織成流動的網，將眾人視線一網打盡；2007年夏天留金二十天，喜愛賞鳥的兒子帶著《浯洲飛羽》跟其他羽禽圖鑑，也影響了初次來金過暑假的堂妹。兩個小孩白天尋鳥看鳥，晚上參考資料，逐一完成各自的金門賞鳥紀錄。

沒有父母跟老師的要求，更不是暑假作業，但他們比做任何作業都來得認真且開心。當我拿出空白的名信片，要他們向家人報平安的時候，只見兒子畫上一隻澤鵟，分別寫上「金門是小鳥跟蝴蝶的天堂」、「金門的窗戶像迷宮」等字句，姪女畫的是金門常見鳥——鵲鴝，名信片正面則被他們塗上線條與色彩，完全改造成獨一無二的卡片；孩子們把台灣見不到的鳥，就這麼寄到台北去了，讓收信的阿公、外公、家人，聽見來自金門的叫喚。

那些鳥，使台北成為另一種僑鄉了。

回聲

曾經富冠全縣的珠山，而今白日寂寂，少見人跡。隔壁一少女在她家的中庭講手機，整個珠山大潭都變成她的回音谷。我隱隱聽見：……考試……台灣……分數……忽然我感覺到，這些名

詞都跟她散播出來的聲音一樣，模模糊糊、逐漸消逸在高遠的天空中，跟我失去連結。

　　我回神埋首於厚厚的《美的線條》（註1）中，心裡回答著少女的講話，「嘿，我可是在度假呢！」

半月・兩岸

　　坐在莒光樓前的台階上，寧靜的夜，一層薄薄的霧覆上，將原先代表軍事精神的莒光樓，襯托得柔和秀美。涼風陣陣，吹得對岸的廈門燈火搖搖晃晃。

　　初十，月亮是一隻微睜的天眼，以她迷濛的目光看著金廈兩島。

　　2006年夏天，首次從廈門望向散落在海平面上的點點金門燈火，我並沒有為此岸的繁華起心動念，反而為彼岸的獨特文化魅力感到更多欣慰。金門如果像鼓浪嶼一樣人擠人，那可說是觀光的災難：當觀光客歷經千萬公里來到一方，卻被大同小異的特產、了無新意或不合此地觀光需求而整修的新公共設施、紛紛吵吵的店面邀客聲所麻痺，那麼去過也就去過了，不會再想去第二次。淪陷的不只鼓浪嶼，北京最夯的啤酒一條街（什剎海、銅鑼巷）、江南的秦淮河畔（夫子廟）、夜遊上海灘、長江上的鬼城酆都、桂林的國際一條街、成都寬窄巷……等等，都快變成面目可憎的觀光景點，只剩一些東方古城的情調做餌，伺機釣著觀光客的青睞與到訪。

　　金門打著「觀光文化立縣」已經數年，多次往返也看到許多變與不變，有些情景卻教我等之輩心驚、受傷，有些則看到改善而值得讚許。像溼地與水池、水庫的蓄水處等，早經專家認定

自然工法對生態、涵水作用是最有效的（大台北一些長年有重金屬污染的沼澤、溼地，目前都發下經費，改由「荒野協會」來認養重建），但金門許多路旁水池、村落中的風水水潭卻以石塊堆砌圍堵或修改不良，活水變成毫無生命力的死水，形成優氧化與水路不通，結果水禽再也不來、水池生態改變（水獺的消失亦跟此事有關）、風水也被破壞，這是最可惜的。還有太武山上的古寺——海印寺，至今擴建工程仍舊持續著，一回回看它將舊有娟秀的、靈氣的、有特殊時間味道的老建築拆掉，換上簇新而龐大的水泥鋼架、模造的裝飾物件塗上俗麗的顏色，我跟文化圈的友人不禁要大喊：「老天呀！」真不知海印寺最後會成為什麼樣子？難道沒有建築界人士監工或向廟方反應嘛？一座靈山廟宇要如此地「存在感」是否有違美學？是真要應了「色即是空，空即是色」的佛偈嗎？

獨坐莒光樓前，一想到這裡，不禁抬首望著無語的月娘了。

新與舊的拜訪

照例到金城老店「記德」吃嗆生蟹、「集成」吃風味菜跟鍋貼、「科記」的廣東粥、「新興」的海鮮麵線、模範街的閩式燒餅、貞節牌坊下的蚵嗲與芝麻球、老餐廳的拔絲芋頭、蚵仔煎……此次朋友們又帶我吃了林厝的「香草庭院」創意料理、山外「老爹牛肉麵」的蔥餅、復國墩的「阿芬海產」、新開不久的洋食館、香草創意料理等等等等；還有來不及吃到的水果餐、想再次回味的山外「談天樓」鹹湯圓、金城「全牛莊」的牛肉料理、成功「成功鍋貼」、沙美的「紅葉」閩南風味菜、山外「九九海鮮店」的創意料理，還有等等等等……回到金門最遺憾

的是，為什麼人只有一個胃？好像停留再久，總有吃不到的美食在某處勾引著我。

這次在飲食上感到金門的多元化，實則可滿足任何一種口味的人。但是，為何我仍然聽到很多來過金門的人說：「金門不好玩、沒有什麼好吃的⋯⋯」看看上面我寫的這些餐廳，無論是舊風味或是新口味，恐怕許多觀光客都沒去過吧？

金門旅遊業者多年來殺雞取卵的低價觀光團，除了招來貪便宜的人走馬看花之外，對金門其他沒有跟旅遊業者簽約的產業、大環境的消費生機、長期的觀光效應，有什麼貢獻呢？沒有，除了少數人賺到近利之外，恐怕還是一種慢性傷害⋯⋯

這個有歷史的古老小島，同時也日益蛻變的觀光小島，能不能別再做4999、5999元的三天兩夜購物觀光團？而讓各界的觀光客以該享受到的假期設計、相對的價錢，好好拜訪金門的新與舊呢？去掉那些貪小便宜的觀光客，減少那些搞壞當地觀光品質的業者，長期拼命消費掉當地觀光資源的人，金門的月亮才能讓閒情逸致的人看到、金門璀璨的星空才會被更多人記在心裡、金門的美食才會被口口相傳、金門之美才會變成許多人記憶中，難忘的風景名信片，一來再來拜訪。

美國明星勞勃瑞福憑一己之力，買下1969年在猶他州因拍片而愛上的峽谷腹地，取名為「日舞（Sun Dance）」，結合了當地原住民與西部藝術、自然景觀、當地時令美食、電影、餐廳、俱樂部、每月一次邀請美國作家讀書會⋯⋯盡量利用當地的人文與自然的殊異元素，並向外延伸連結好萊塢影界、文學跟藝術的潮流，結果讓這個社區變成著名的度假休閒聖地。

金門是具有這樣潛力的，連知名詩人鄭愁予，都停泊在金門

美麗的臺灣中，還有什麼吸引不了的旅客呢？但眾人要齊心、發
此大願力來長期經營，而不是眼裡看到20年、30年、40年後的觀
光產值；金門有這麼多資源，如何創立一個整合平台（如日本沖
繩縣的發展資源彙整部門），提供給有心人去思考、去實踐……

為什麼要跟台灣一樣

連著五天民宿講座，從文學閱讀、金門文學的發展與未來
前景、兩岸的教育觀念、地方產業的變革、創意如何運用在生活
上、出版傳播學、自我理財投資……我幾乎將在台灣演講過的主
題、個人累積的經驗一次在金門倒光……其中，我最擔心的是金
門人的教育觀念。

之前老公就曾經跟我說過，金門人由於戰地鎖島政策，一
直對台灣「中心主流」有自卑傾向，但我因為參與金門許多藝文
活動，覺得當地人對自我進修、閱讀風氣非常投注，絲毫不以為
意。也有官方人員告訴我，其實會參加藝文活動者，往往就是那
些人，許多金門人仍然沒有把握這些精心策劃的資訊，反而花
更多錢到台灣補習東補習西的、或是浪費時間繞了一大圈冤枉
路……所以先前規劃時，我即跟文化局專員說明，希望能針對一
般非藝文聽眾來設計講題，能在文學之外旁及更多觀念的交流。

果然文化局在宣傳上也做到了。不少民眾帶著孩子來聽講，
甚至有人好奇聽了第一場，之後四場也到齊。還有聽眾於座談結
束留下來繼續討論問題，結果讓我第三場就感到喉嚨緊縮、後兩
場真是硬撐下來的……不過這些現象卻讓我跟主辦單位都感到很
欣慰。畢竟，我想達到的「有別他處」的觀念，已經發生一些作
用了。

　　台灣各大城市的補習劣風，這十幾年已經影響到對岸的上海、北京、廣州等大都會。面臨近年來世界的中文熱、創意產業熱潮，台灣民間卻也引發不同的教育省思——我們的孩子學歷高了，但獨立思考與做人處世的EQ卻低落了，連帶的現象是，企業不信任這些沒有抗壓性、自主處理工作問題、專業知識也貧瘠、更把惡搞當創意來看待的新世代。所以，拜「樂活」主義的崛起，這些年有許多父母盡可能回歸家庭，發起「全家一起吃晚餐」、「親子共讀」、「把補習費轉換成購書費、旅遊基金」、「把時間還給家人」這樣的新家庭運動。書市上也出現不少相關書籍，目的是要大人想一想：你的童年生活怎麼過的？而你的小孩又是怎樣度過？如果你覺得遊戲跟閱讀是塑造人格與創意的原因，為何大人卻剝奪小孩應有的童年權益呢？我們期待孩子長大出類拔萃，卻在他童年期間最自由發揮、能夠發展出個人興趣跟主見的時候，將其「同質化」、「模具化」，不准孩子有不同意見、以及特殊表現？

　　知識份子早對台灣的教改有所省悟，金門得天獨厚地處於兩岸之中，不應該寒暑假將自家子弟送去台灣補習，而是培養他發展興趣、厚植金門的人文風土，讓他對家鄉產生「有別於其他城鄉」的自信，如此才可以培養出「根在金門、放眼全世界」的後代，以此一「有別」內化為人格的特性。說實在的，「小時了了，大未必佳」的年輕人，不就是大人這種「別人補習，我們也不能不補」的心理所造成的嗎？就這樣把有天份的孩子，教成一個個庸才！

　　為何人人都想成為大師，而大師卻說：你應該首先成為你自己。

　　金門人的觀念是應該翻轉了——何不讓台灣人、上海人、北京人來學金門人的教育觀念？何不讓全世界的觀光島嶼都到金門來觀摩？五場民宿演講只是一個灑下觀念的種子，希望這種「有別」的觀念，能讓金門人重新看到自己的資源跟信心。

珠山・滿月

　　「月亮像隻發威的母老虎，把天空草原上的星星小兔子，通通吃進肚子裡。」兒子跟姪女一邊盪鞦韆，一邊看著十六夜的滿月，搖盪出這樣的句子。

　　更晚的時候，我獨立在天井佇立，抬頭看著一枚發光的銀月，將天空照得有些泛青，絲毫不像夜晚。而蟋蟀、螽斯等蟲子不停唧唧鈴鈴叫著，才把夜的感覺吟唱出來，否則會令人以為是凌晨天初亮之際。

　　一個滿月，更將珠山的寧靜與寂寞，填充得更飽含水分，任何一個有愁思的旅人走進此時此刻，便容易受到古老的感動而流淚。而我卻想到兒子說的童言，暫把珠山之夜想成是童話裡的場景，孵著另一個夢想。

　　失眠了的一個人，除了等待黎明之外，還能擁有月亮。

風簷展書讀

　　我的讀書進度嚴重落後。而且等大致看完帶來的書籍之後才發現，近期真是和英國文學有緣。從《玫瑰的性別》、《美的線條》、《冥王星早餐》（註2）等書，由老英國、城堡、同性戀、自我認同、變裝癖、邊緣人與權貴世界、種族問題、近代流行樂所交疊譜出來的光譜，看得我目不暇給，也讓我必須抽離金

門的閩南建築情境，出入到遙遠的、同樣有霧的倫敦街道。

　　帶來要讀的書，在民宿的茶几上排列等候，可是，我的眼睛又被一隻棕背伯勞追趕幾隻鵲鴝的熱鬧，而去遠了……

即見即擁有

　　七月六日、上海往澳門的航線、高空三萬呎。我們不小心看見了大、小金門清楚的輪廓。好像突然翻開一頁活生生的的地圖，那啞鈴似的地形貼在海上，我們不可置信地透過窄小的機窗，驚喜地認出：太武山、料羅灣、馬山，並旁及廈門、鼓浪嶼、王永慶在漳州工廠的三根大煙囪……直到飛機切過了可視見的角度。

　　七月三十一日、珠山大展部。我閉上眼睛觀想那高空上的所見，誰能代替我，以那樣的高度來測量金門地面的美景？

無人。只有我曾看過、經歷過這天空上的與地表上的金門。某一種意識上，我跟羅蘭巴特一樣神經質地、絕美浪漫地：我擁有金門，他擁有過拿破崙（註3）。

流動的風景

薄霧緩緩罩上眼前的一切，然後圓月出現，強烈的月光照射在霧景裡，使原本黝黑堅實的山丘、樹梢、涼亭、屋簷鍍上一層微微發光的銀框。就像一幅畫那樣被定格，凝固之中自有意涵，端看是誰在欣賞、是誰在其中成為流動的聚焦。

我終於回到霧的故鄉，成為自己創造記憶中的一首詩、一篇小品、一張照片、生命中一頁特殊的歷史，而不透過想像、或是他人的口述。時光安靜，是為了容納這裡的風聲、鳥說、人語、蟲鳴、樹和風跳交際舞的歡樂，當然還有孩子的笑言、大人的沉思。

此時，「大展部」的前庭就像一個電影院，正無聲搬演一齣流動的戲劇。想起已故詩人梅新的詩句：「我不風景，誰風景？」是呀，我正融入風景中，成為這部電影的主角。而下一次來訪金門，我想，會增加很多人要當這裡的主角……

《中華日報》副刊2007.10刊出精華版／
《金門日報》副刊2007.9.24刊出全文

註1：《美的線條》，作者艾倫・霍林赫斯特，商周出版。
註2：《玫瑰的性別》，作者衛斯理・史戴西，天培出版。
　　《冥王星早餐》作者派屈克・馬克白，寶瓶文化出版。
註3：羅蘭巴特曾說，他遇到一位拿破崙的姪子，他因為接觸到此人的眼睛，而就某種連結的意義而言，巴特等同經過此人之眼、記憶「看到」拿破崙，云云。

玩物尚字

顏艾琳的飾物癖

病人簡歷：

絕版書收藏癖：十三歲至今，已有近三十年病史，從極端嚴重到經過近年心理調適，已進步到隨緣收藏，不再蓬頭垢面到處汲汲營營收羅夢幻書、亦不再因絕版書的得失，感到興奮發抖或沮喪憂鬱。但偶遇絕世佳品，仍有陷入瘋狂的危險，應避免進出二手書店或圖書館……

玉石飾品戀物症：從小撿石頭、即長接觸光華玉市、再者友人帶入門，十幾年來自學半寶石飾品設計成癮，有不定時發作的症狀。平時打扮樸素無奇，一時興起會做珠光寶氣或奇裝異服之裝扮，乃天秤座罹患搞怪病的典型。家中已有各種飾品兩百多件，閒來無事仍自創設計項鍊、帽子、胸針、手鍊、戒子、包包、腰鍊等飾品，數量持續增加中。

此病發做時，病人會恨不得有三頭六臂、20根手指頭，以戴上所有的飾品。

老瓷器疊疊樂：瓷器除了用來吃飯、喝湯湯水水、移做盆

景、製物盒之外，還可以用來玩疊疊樂；所收的古董瓷器年代不算太老，從四十年到百年以上；數量也不多，總數約一兩百件，90％都是從台南老家、友人跟讀者贈送、各處老鄉鎮遊玩揀來的，少數是買的。純粹娛樂自賞，沒有癮頭。

病者的呈述：

出嫁之前，我媽看著我所謂的各式收藏，不禁搖頭：「這些舊書、石頭跟瓷碗，也只有你當作寶貝，你們買的公寓房子，哪有空間放呢？」是呀，加上後來結婚生子，有多年必須顧及孩子的活動安全，還有上班的勞累、懶得仔細整理（這期間已經起碼送書2,000本以上給人），很多東西真得變成名副其實的「收藏品」——被我隱藏到不見天日、幾乎遺忘的程度。到現在要拍一張好看一點的照片，那簡直不可能！

我是怎樣開始戀物的？又如何選擇自己喜愛的收藏項目呢？追究起來，有一種模模糊糊、說不清楚的情愫。是否我天生就喜歡獨特的東西？記憶中最早的收藏，是因為看了書畫冊中所言「翫賞石，要有醜、透、漏、皺、怪、奇、質……等等條件」，而每顆石頭又都有自己的樣子，也不要錢買，於是國小到國中時期，藏了一大盒的石頭，有些漂亮的還拿回台南老家，去裝飾庭園中的景觀。不過石頭沒價值、又佔空間，在搬家時都被丟掉了。

然後是愛上書。國小五六年級是我大量閱讀的轉捩點。那時我是學校藝文代表選手，學校給我隨時可以進入閱覽室看課外書的特權。三面書牆，大約幾百本書，在畢業前早已看完了；但是被書籍包圍的安全感、進入閱讀世界的幸福感，讓我萌發想有

自己書房的念頭。後來搬到板橋林家花園附近，整個市中心唯一的十層大廈，我就把父親書櫃中讀過、喜歡的書搬到書櫃中的一區，機巧又不知不覺地形成我個人的藏書了。當然要真正變成我的書，只好搶先於每本書簽上我的名字，這又成為我日後的習慣：我的書購入後一定會簽上簽名式、購買時間跟地點、書店名稱。從國中迷上現代詩起，至今已不知收藏多少本詩集？幾年前估算是2,000本左右，現在則不敢去算數量了；而書也氾濫到桌下、陽台、置物抽屜等處，所以至今有一願望：好好整理家居空間，還我清淨生活。

　　話雖如此，再轉頭看看梳妝台和衣櫃裡的抽屜、客廳不起眼的一角（那是被孩子的玩具跟書籍堆出來的奇異空間），還有我不時要拿出來手工創作的飾品、製作工具、各種大小和材質的半寶石、各色尼龍繩、毛線、勾針、未完成品、已完成品……每

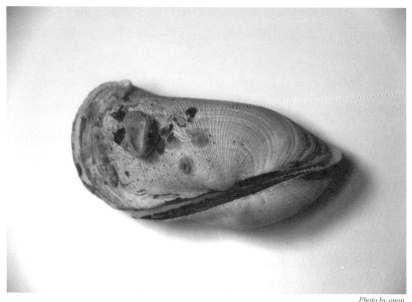

Photo by onon

每要拿出魄力整理時，手上拿著一盒盒器材，就不知不覺創作起來，完全忘記是要收拾這些亂七八糟的東西，而沉浸在美好事物的製作過程。等時間過了，也就安慰自己，「嗯，又做出一條千金不賣的項鍊，實不枉費我的心血跟時間。」好阿Q的婦人心情！

至於我的手創飾品水準如何，從親朋好友乃至陌生人的稱讚、參加創意市集的銷售成績、懷孕時寄售店面的反應來看，我其實十多年前就應該以此謀生才對。沒想到現在「手工創作」、「創意市集」大行其道，唉，早知道就應該以此創立品牌，說不定可以用來支持我另一項手工業——寫詩，作為經濟上的支柱。不過我對自己的飾品創作，也常常捨不得「出手」，因為每一件作品都有它形成的故事；有些是得來不易的老瑪瑙、老珠子、老硨磲、老蜜臘、老珊瑚，或是雕工跟質感皆美的玉件，有些是長輩送的，特別有感情，還有旅遊各地買回來的紀念品。這些來歷各異的物件經過我的串聯，變成一件件獨特的飾品，教我如何捨得呢？

我總覺得會被我買到的物件，一定是跟我有緣。這幾年來，老東西越來越不好找，價錢翻了兩翻，收藏不易；新玩意則不老實、品相跟設計欠佳，或以新混舊、質感可以再加工，擬真擬古混水摸魚。由是老東西我越加珍惜，看得上眼的新品只能做我舊物的配件，如此一來，要做此行生意，非得再修一門「捨下」的功課。但難修！難修！好東西誰不是只進不出的呢！

瓷器也一樣。我收藏的數量不多，但七八十年前的大碗公又大又重，幾個拿出來亂用之外，其他大小尺寸的碗碟，就大中小尺寸層層套套，玩起疊疊樂，然後往櫥櫃一放，罕有機會再拿出

來把玩欣賞。我也不像一些文人雅士，真把古董碗盤端放在桌几上使用，一來嫌重，二來怕萬一失手打破，心會不甘難捨。

幾年前去宜蘭演講，有機會與詩人黃智溶伉儷聚談。黃先生詩書畫全才，黃夫人曾跟隨粘碧華女士學過中國風的飾品設計，我在他們家聊天說地，好不快活。黃家壁櫃有許多歷代硯台、老茶壺舊茶杯，瞧得我兩眼發直，忘了眨眼皮。一口茶喝下，黃先生忽然說：「你用的這個杯是三百多年前的……」害我之後都不敢再拿杯飲茶。可見我對老舊東西的愛護之心──也許該說是膽小，或懼怕將之毀於一旦。

我這種心態一定有人會譏笑：有，等於沒有。是的，我也在調整用物的心態，逐漸改善當中。下次友人來我家作客，我將會用清朝的杯子盛飲料、日據時代的皇室小碟裝醬油、本土碗碟裝湯菜，還會送自創手工的飾品給他；除了絕版書不能借（影印給他）、CD不能出門（燒一片給他）、所有他看得上眼的東西，絕不會出我家大門之外，我想，一切都好商量。

《自由時報》副刊，2007春節、初二專題

創意不是季風

寫給新竹教育大學
文學創作班

2010年畢業季的人力廣告，大辣辣地向新鮮人說：「只有極少數的企業需要碩士以上的高學歷，其他工作需要的是專業人才。」當十幾年前台灣開放辦大學，高等學府大門廣開的同時，世界對於職場人才的要求，卻悄悄有很大的改變。

首先，對生活品質、物慾上的享受，越來越多人在環保跟精緻的導向上，寧可把錢花在獨一無二、個性化、保久時限長、綠能的商品。這對發展工業革命五百年來的人類，似乎有了暮鼓晨鐘的省思。於是越來越多的發明，走向單件而多元使用的設計，文創產業於焉大鳴大發；幾年來許多視覺設計、廣告傳播、美術；觀光、飲食等與產業結合的科系、乃至從前聽都沒聽過的另類學程，如雨後春筍地冒出來。

以前大家說，一個人要有兩把刷子才好混社會，現在則要求幾把刷子之外、最好還要一袋多功能工具箱，展現專業跟業餘的額外價值，才是21世紀的職場達人。新竹教育大學看到風向球轉變了，於是在丁威仁老師擔任通識中心主任後，便設計一系列從

文學、文創跨界的演講，讓未來畢業的學生不只是考教師資格而已，而是如何在大學中發覺自身的潛能、興趣，進而訓練自己成為能適應多元社會需求的職人。

　　我就在丁主任的邀約下，兩年內先是專題演講、後來就現代詩與不同領域的結合，作系列課程講授。雖然那陣子恰是教學最忙碌的時期，但我常常在台北－新竹通勤的時候，有時聽著MP3裡的另類搖滾，一邊想著如何給這群用功的學員們，更接近文學質地的東西？有時講完課回來，還會忽然想到幾處連結的內容沒有講到，而懊惱不已……這些學生來自不同科系，卻同樣對文學裡的養分，感到吸收的饑餓感。面對沸沸騰騰的文創風氣，他們跟我都知道，一旦人類的觀念主流確定，這股強調以自然為師、以人為本的創意產業，將不只季風般吹拂過而已，而是我們的生活、工作、乃至道德感的生存基礎了。

　　你想怎麼生活？生活品質的要求？從寶瓶座的21世紀開始，創意是空氣，而非季風。竹教大的通識中心，就是新竹文創的氣象中心。很榮幸地，我是其中的預播員……

漂泊無定
台北幽靈

　　這兩年，有些時光的節奏，忽然變得很少年。那是在創作、教書、演講、家事之外的額外時間，讓我離開那些水泥空間、也離開家門，將自己放牧在台北城，有目的或完全沒目的，悠晃著。

　　忙碌的人，哪有時間享受生命？於是，一場電影試片、一個當代新銳藝術展、國際知名藝術家的策展、一場新書發表會、一場演唱會、一雙鞋或一件衣服的尋覓、一種味道的感官饗宴，都當作是犒賞。不以價錢高低、場所奢簡為享受標準、卻偶而一擲千金，只求獲得、了悟。欸，四十三歲的女人畢竟比十七歲少年，有了揮霍的瀟灑跟條件。我想抱持著戒律生活，偏偏台北不是這樣的城，那就隨境而安、身心隨之而動吧。

　　226。車下雙連，過馬路有老巷老建築躲著老滋味。不可能一餐吃三四家，總是捏緊時間趕著吃一碗騎樓下的鹹粥，再到香滿園隨意點吃些台式小菜、或到老董牛肉麵吃一餅百吃不膩的蔥餅配牛雜麵，或踏著布鞋開始尋找巷弄中的小攤小店，什麼家傳

油粿、麻油腰子、苦茶油拌麵、中部肉丸、義大利料理、法南田園沙拉、有機麵包下午茶、歐式創意廚房……全世界的飲食風味，都在這區飄散出來，勾引我可憐的孤單小胃。

2010年在當代美術館演講後，誤上南京西路一家台灣服裝設計師專店的二樓，夢幻時尚的裝潢，讓我像貴婦般地坐下來，點了凱薩沙拉、自製鬆餅套餐，從此我迷上林志玲來過的這家甜品屋，還跟料理達人蜘蛛變成聊飲食的朋友。蜘蛛總是現點現作，當我坐在店裡等待美食上桌前，那些奶油與香草、水果混合的香氣，讓我心不在焉，某種怪異的情欲總在端盤上桌了，卻猶豫著，何時吃？聞夠了沒？怎麼切下第一刀？美食宛如戀愛，甜品屋讓我甘願帶第三者第四者來，分享我跟它之間的美好經驗。萬一遇到蜘蛛慈心大發，還能吃到剛剛出爐的獨創點心，那會讓所有的女人一瞬間變成女王……但它的樓梯躲在服裝部裡面，迎客不易，竟然在2011年5月底結束了！目前只剩網路宅配……好殘念呀！

226，雙連轉搭捷運，台電大樓下。妹妹跟弟弟都買房住這附近，但早自青春期開始，師大台大這一帶的唐山、香草山、書林、汀洲路跟溫州街等曲折胡同中的二手書店、都是我淘絕版詩集的地盤。現在換成舊香居、茉莉二手書店、波黑美亞咖啡廳。去哪裡，吃喝就不必擔心了。該吃的、知名的都吃過了，連不好吃的都被騙過了，這樣才算是資深的老行道吧？

62。車下龍山寺，往回走幾步即見珍珠餛飩小店，總是人聲鼎沸總是客滿。一碗八小粒的餛飩湯，開胃，隨即往剝皮寮方向走，廣州街上「進財」、「阿秀」三四家台式的切仔麵，越近吃飯時段越難擠進去。我這般晃悠之人，食避人潮，就是一種簡單

幸福。某次帶小孩去，竟等了半個多小時入店，又等了一刻才上食物，這是折磨不是享受了。

　　近期跟老公發現，祖師廟旁有開店一甲子的本土黃牛料理、大塊排骨原汁湯、台式小吃、貴陽餃子麵食，幾家老店擠挨在低矮簷下，情景與大同、中山區的老建築同樣風貌，很不21世紀，令我深為竊喜。原來多啦A夢的時空任意門，還為我此等人所開，且近在艋舺。

　　有時試片在西門町，趕時間吃食，就去國賓戲院旁的「牛店」吃椒麻拌牛肉麵，搭蘭花干或泡菜一碟，或萬年大廈地下室的刀削大滷麵。或隆昌街「漢士三溫暖」樓下的「漢堡先生」，享用帥哥郭老闆的自製漢堡餐、義大利料理。對面是老友寶寶開的小酒館，偶得中午至下午談事情，便約人到那裡吃飯、喝比利時和德國啤酒……

　　北美館、當代美術館、朋友的個展……這幾乎是我外出的另一理由，卻常常與我的工作撞期，只好自行找時間去看。別人只見我在群眾當中嬉鬧、朗笑，我更喜獨在不受打擾的寧靜中，與作品共鳴對話。

　　我喜歡忙碌還是悠閒？現在，端看我這老少年歡喜承擔什麼。漂蕩或定泊，台北都看見了我這幽靈，虛實穿梭過1980到2011年……

《自由時報》，2011.7.17

楊錦聰，
不斷旋轉中的
靜心

　　台灣文化產業是繼經濟奇蹟之後，最值得向世人推薦的軟實
力。我們除了有雲門舞集、當代傳奇、明華園、小西園、優人神
鼓等眾多精采的藝術團體，自創音樂品牌的「風潮」，也走過浪
頭起落的二十年，並成功將原創音樂行銷國際。引領風潮邁向下
一個二十年的推手，就是創辦人楊錦聰先生。

　　風潮在台灣代表著優質的原創音樂，近年更強調身心靈協
調、樂活的態度，可說它已成為台灣生活場景的背景配備；對國
際而言，「風潮製作」則代表台灣的發聲、當地音樂資料庫的整
合與創新。今日風潮的獨特地位，是從往日哪一個契機出發的
呢？它如何形成「一種聽覺的風潮」？以下是作家顏艾琳訪楊錦
聰先生關於他夢想成真的故事……

　　顏：當初您基於何種因緣，創立了風潮？為什麼是唱片產
業，而不是其他？

　　楊：小時候我就很喜歡音樂，上音樂課時，若被師長指名上

風潮音樂提供

台唱歌，就會覺得很高興，而且唱完之後並有掌聲的回報。因此音樂對我來說，是一件可以取悅自己還能和別人分享的美事。求學階段，從杉彰國中到新竹中學有六年時間，我都參加管樂社，尤其當時竹中的校長極為重視音樂和美術，這兩科其中如果一科被當掉，便要留級。於是我在當時環境之下，開始接觸大量的古典音樂，也欣賞奧地利指揮家「卡拉揚」，立志要向他看齊。

　　當時家鄉環境並不好，通常國高中畢業後就得分擔家計。像我哥哥，他國中畢業後就開始學雕刻，而弟弟則是在國中畢業後，到台北迪化街學賣布。但是我從小學業就不錯，升學不僅是長輩的期盼，還有個人對光耀門楣的壓力。因為如此，加上對報考音樂系的信心不足、跟擔憂前途發展，反而報考了理工學院，並以第一志願考上交通大學運輸工程與管理系。大學生涯並不順遂，在屢遭挫折的情況下，只剩一個支撐下去的信念，那就是我的興趣——音樂。在大學時，我玩社團很瘋，又是合唱團、學吉

他、寫歌、編刊物、拉廣告，也因瘋狂追求一個女孩，啟發了我創作歌詞的開始。接觸音樂讓我感覺很充實，所以大二時就下定決心「就算不能成為音樂家，但願我日後能從事跟音樂有關的工作」。

服役之後，我的第一份工作就是在「唐山樂集」當外務員，月薪八千元，這也就埋下了後來唐山老闆找我合創音樂事業的種子。想來，我走上音樂產業這條路，是必然的，只是過程曲折了一些。

顏：後來怎樣從「唐山樂集」轉變成「風潮」？當時大環境提供了什麼樣的機會？

楊：一九八八年，總統蔣經國宣布解嚴，兩岸可以開放文化交流，如此中國的音樂資源就可透過成立唱片公司，在兩地製作發行。那時唐山樂集的老闆找我合創「音樂中國」，希望我提供資金與他合夥，當時我資金不夠，只好請父母親跟親友幫忙籌錢，才湊足了約一百萬資金。其實「唐山樂集」的理想就是推廣中國音樂，故在風潮前身先成立「音樂中國」出版社，即是介紹中國的音樂（比如《梁祝》這類經典），把他們正式引進台灣來。初期在市場反應很好，卻引發同業一窩蜂跟進，把市場搞壞了；且加上一兩年期間，出版類型老是給人一種傳統、重複之感，我們乃萌發了「作不一樣的音樂」觀念，於是創意激盪下誕生了「風潮」。但先前市場上的產品供過於求、公司又經營不善，讓剛起步的風潮立刻陷入危機，結果當時負債大約五百萬元之譜。

我記得那時期發行了蒙古歌手騰格爾的專輯，名稱叫《你和

太陽一同升起》，只賣出幾千張，很慘！我爸爸每次聊起這件事
都戲謔我：「出那張專輯，害我們的太陽都升不起來，還差點殞
落。」就在風潮快變成一陣風之際，我們試圖從之前的市場數據
找出改善點，結果發現有一張銷售量不多，但一直有人詢問的專
輯──《中國梵樂》。這張作品雖然銷量普通，卻不斷有人指名
購買，甚至詢問繼續要出第二集否？這給我們一個很好的訊息；
那就是梵樂此一主題，有被市場需求著。

　　接近一九九〇年，我開始為調整公司體質而到處借貸，包
括詢問父母的同意，把故鄉的土地抵押，以及向家人親友籌湊資
金，跟上次一樣，在家人親戚的幫助下，湊了六百多萬元，從此
「風潮」變成家族產業，成為我們生命中的共體事業。那年我們
發行了六張佛教音樂，只能從有立基市場的佛教音樂做起。沒想
到這一役，我們成功了，風潮才能成為潮流的風頭，而不是來去
一陣風的理想而已。

　　顏：主題式的「梵樂」成功後，是否奠定了風潮製作原創音
樂的基礎？

　　楊：梵樂的成功讓我認知到，音樂理念必須有市場作靠山，
也讓我更緊密關注現代人的心靈需求。音樂是跟生活在一起的。
而整個一九九〇年代，島內經濟蓬勃，人們所得相對提高，但在
精神層面上卻感到空虛。那時佛光山、法鼓山、慈濟功德會、靈
鷲山等宗教團體快速崛起，以宗教修行、行善提升心靈、公益回
饋社會等善念行為，彌補了人心徬徨的黑洞。據說台灣約有五百
多萬的佛教徒，而許多人從事居家修行時，必得燃香、誦經、打
坐冥想，梵樂在此類活動中提供「清淨場地」、「供養天聽」、

「淨化心靈」等功能，加上佛教徒一般相信，原版CD才具有「共磁效應」，盜拷轉錄的不僅不能增加福慧，還對修行有害，故梵樂系列一直穩定成長，成為風潮向外擴展的軸心產品。

之後我們陸續開發「健康」、「自然」系列也獲得不錯成績，步入二十一世紀後，風潮環扣著環保與心靈議題，所製作的音樂類型跟品質，已經立足台灣而面向全世界了。所以一九九〇年代可說是風潮發展的關鍵期。而我們在失敗經驗中，也體認到如何循著時代動脈，製作出符合理念跟時代需求的音樂。

顏：我注意到「風潮」偏重原創製作，而較少向國外買版權，請您談談投注原創音樂的甘苦。

楊：我覺得就音樂資產而言，台灣有全世界最珍貴的「多元傳統」，比如台灣原住民音樂、福佬系歌謠、客家民謠、南管、北管，這些文化歷經百千年的演變，形成台灣豐富內涵的瑰寶。我們當然要好好保存下來，作為子孫驕傲的資產；而風潮除了如時紀錄台灣的音樂之外，也嘗試將新與舊的題材作融合，像是把歌仔戲與電音結合，或是把傳統素材結合演奏家的編曲。無論怎樣製作「台灣」這區塊的音樂，我想的是盡量召集本地音樂人才，請他們譜曲、製作、後製。透過專輯的發行，向國際行銷代表純粹台灣的音樂。從古典抒情到流行時尚，從自然環保到心靈淨化的《孽子》、《森林狂想曲》、《飄浮手風琴》、《三顆貓餅乾》、《水事紀》等，它們都代表台灣音樂的面向。

錄製原住民音樂系列，先前我們得到已故教授許常惠的大力支持，跑遍台灣各地原住民的部落跟居住地，這一系列風潮做得很辛苦、品質也達到發燒等級，可惜叫好卻不叫座。但是風潮如

果沒做，我們會感到遺憾；未來我們朝向「創意＋商機」來提升競爭力，只有這樣，才能從傳統台灣的聲音跟音樂理念找到市場平衡點，畢竟，風潮是要做出能讓大家聽了入心的好音樂。

顏：您那麼忙，怎樣保持感性的創作人心態、跟理性的管理者兩者身分？

楊：每一張作品，我們的團隊都投入很多精神跟時間去製作，我相信提升專輯的內容跟品質，就會得到消費者的認同。每次市場反應良好就感覺一切值得了，因為我們知道，美好成果有那麼多人分享著。所以我在參與前製作業時，得理性地掌握進度跟預算，但也往往在製作過程中，對預算放水……沒辦法，愈美好的東西愈要花錢投資。

因為我也是音樂創作人，可以了解那種想要盡善盡美的心情，但面對風潮的整體營運，不得不面對內在管理跟外在市場的壓力。人大概在超過三十五歲後，對人生追求會產生省思跟迷惘，我也曾東找西找，尋找一個生命的出口，直到在七、八年前一趟靈性之旅，我遇見了「蘇菲旋轉」。那是伊斯蘭教的一種宗教舞蹈。首次看見穿著白色長裙的僧人旋轉時，我就被那股祥和神聖的氛圍所吸引。後來我也嘗試跟著旋轉，沒想到轉第一圈就摔倒了，原來只是旋轉這樣的動作，卻不容易做呀！

這些年來我會找時間到土耳其，跟「蘇菲僧人」一起學習旋轉。現在我已經可以旋轉兩小時了。在「蘇菲旋轉」時，我逐漸感受「頭腦／理性」掉到「心／靈」的過程，世俗思考慢慢失去作用、念頭像雲塊變輕變淡，中心在旋轉時變成肉體的支撐主軸，很寧靜，跟「老莊」說的內外合一、與萬物同在，是一樣的

感覺。目前我藉著打坐、在大自然中散步、蘇菲旋轉來放空自己，讓我感受生命的能量與美好，並將其轉移到工作上。二十年來風潮雖走得曲折，卻都有所成長，反倒是近兩年來台灣音樂產業愈來愈差，這才是目前最需要挑戰的轉捩點。

風潮音樂提供

顏：您說的產業情形變差，是指網路下載嗎？因應年輕世代消費習慣的改變，風潮有何對策？

楊：現在全世界已走到數位化，但實體商品並沒有消失，顯示市場仍有區隔，我們唯有改變銷售方式，公司品牌才能延續。兩年前我們成立子公司「身體工房」，就是希望透過推廣慢活的實體教室，讓「身體工房」滲入民眾一般的養生和抒壓供需中，結合風潮的音樂產品銷售、與SPA業者合作，讓消費者透過身體五感去體驗音樂。以前風潮的行銷只是放在店頭裡的試聽機，得靠消費者來靠近；現在則主動出擊。

數位化付費下載音樂，提供了一個天涯若比鄰的行銷通道，讓遠在北歐、南半球的紐澳，都能聽見風潮，而風潮也能賺到全世界的版稅，讓音樂家們繼續創作，達到一個善的消費循環。面對下一個二十年，我打算在網路建立一個音樂數位交流平台

「MuziU──就是Music & You」，取「生活離不開音樂」的概念。數位音樂平台的優勢，在於消費者可以只挑專輯中的喜歡的單曲購買，不必花整張專輯的費用，買到的都是自己想聽的音樂！我預計下半年啟用MuziU平台，而風潮將整理多年來最精采的數千首作品，跟獨立品牌專輯，迎戰新世代的消費行為。

風潮音樂提供

閱

讀

我們
應該閱讀什麼

「到底哪些才是應該讀的課外書？」

「在聽了名作家跟詩人的演講之後，反而對文學、現代詩產生更多疑惑……原來我看的不是文學書籍？」

「為了升學跟成績，哪有時間讀教科書之外的書呢？」

「中文系、台文所、新聞科系、傳播系，甚至文學院的學生，畢業後能做哪些工作？大學畢業是要繼續讀上去，還是就業？」

1987年我走出高職校門，第一份工作頗符合工職生的身分，有點輕鬆、薪資卻低的電子工廠IQC女工，我知道那不是自己想要的。領了可憐的年終獎金，決定辭職轉到傳播出版界，經朋友介紹，直接可跟雜誌社的主編面談，但被告知，應徵時會有口試跟筆試。還好從國小就將得獎跟投稿的記錄、作品剪貼整理成一大冊，高工時參加校刊社、新聞社亦參予編輯採訪的執行，去面試時帶著大大的剪貼簿跟傻傻的勇氣，完成生平首次的職場考試。1988年春季，我開始了一生與文字、閱讀相關的生涯。

　　我至今還記得那張筆試卷上的問題，也於多年後拿來面試想跨進此行的人。第一大題是校對錯字，第二題是寫出心中敬仰的小說家、散文家、詩人各十人，第三題是給你一本書的部份內容、看完寫出100字內的簡介文案，第四題是你為何想進這行業的自述。據說我答得頗令那位資深編輯驚訝，而同樣這些題目，畢業於名校文科、新聞科的大學生、甚至已出社會多年的職人，卻常常答不出個所以然；我明顯感知經典閱讀、文學市場的起落，在這小小出版文化圈內的劇烈改變。

　　唐朝宋朝明清都過去了、李白李後主李清照也作古千年、乃至徐志摩墜機半個世紀，林耀德也猝死十多年，而現代詩僧周夢蝶92歲、詩魔洛夫86歲、瘂弦、鄭愁予、楊牧、王文興、白先勇、黃春明、朱天文天心姊妹、陳冠學、簡媜、木心、周芬伶、陳克華、夏宇、零雨、駱以軍、吳鈞堯、鍾文音、鍾怡雯、唐捐、伊格言、李進文……我當下隨手打出來的這些文學名字，哪一個不是當代的文學化石！文學藝術作品不正是一代代的大師們，為現在、和未來的讀者準備好的遺世珍寶嗎？

　　關於閱讀這件事，我們不需要考古挖掘，只需從一個經典帶出更多的經典、找到一本書便能牽連到更多文學典籍。當年十四歲的我拿出壓歲錢跟零用錢，買下第一批爾雅、洪範、九歌、志文的書籍之後，便在每本書末的出版目錄、封面折頁的系列叢書覓購更多相關書來，而今網路時代，還有人不知道如何找到作者、跟其出版的書及相關討論？

　　還要更多線索？我提供一些馬上就想到的關鍵字：經典文學、詩人、詩集、獨立出版、聯合副刊、中時人間副刊、自由副刊、幼獅文藝、聯合文學、印刻文學、明道文藝、爾雅、一人、

胡思二手書店不定期舉辦人文講座，吸引不少藝文愛好者參與

二魚、三民、五南、九歌、遠景、馬可孛羅、洪範、聯經、時報出版、遠流、天下、寶瓶、大田、大塊、華品文創、麥田、圓神、角立、逗點、南方花園、有河BOOK、小小、舊香居、青康藏書房、茉莉二手書店、胡思二手書店……最好，你可以不在電腦前搜尋這些名詞，走出去，到書店、圖書館，翻翻書本與手指、眼睛接觸時的感動，實際的展開你跟文學、閱讀的戀愛。

　　我很慶幸，我擁有許多一生的戀人，而且我明白，當我讀完這一本本的書籍，我的人生觀也比沒展讀之前，更增添了不一樣的思考。人生或許沒有不該讀的書，但沒有讀到該讀的書，這種遺憾，只有等你年紀越大才會越明白……

《幼獅文藝》，2011.7月號

如果
人生也要考基測

　　一群花蓮的原住民小朋友，到桃園某國小當交流學生，他們住在桃園小朋友的家中，體會一個禮拜不一樣的生活。最讓他們驚訝的是，桃園的小學生居然要補習作文！是呀，都市的小孩要補習英文、數學、珠心算、鋼琴、小提琴、科學、快速記憶，現在為了增加語文表達的能力，不只是作文，有人連演講、創意思考都在補習⋯⋯

　　這一切無止盡的補習、課後輔導、學習，都是為了給孩子一個更美好的未來。不公平的是，這些要小孩拼命用補習填充童年的大人，大都有一個在鄉下、或是跟大自然互動的學習經驗。孩子近視了、體弱、不會獨立思考、依賴性強、嬌蠻、學得多卻樣樣疏，心情也不快樂，這樣的童年如何奠基出一個好的成年呢？

　　如果，在學業和才藝之上，還有一個上帝要考我們「人生基測」，而考的內容是：仁心有愛、隨時付出、慈悲處世、每小時能因感到快樂而大笑三次、樂於分享、誠實待人、身心健康、熱愛大自然⋯⋯那麼我們該如何補習？向誰討教？

　　大人也是從小孩變成的，為何忘了小孩的歡樂跟靈活的思考，都是無法補習出來的？只有將時間從補習班挪回家庭、腳步從開會場所轉回家門、把冷漠變成溫馨的對話、目光從電腦螢幕轉到書本或山水風景，放手讓孩子有時間去發覺自我、讀讀課本以外的書籍、青春期該去玩社團就去玩、大學選系有自己的主見、允許孩子在失敗中成長、陪他們度過每個挫折、在孩子長大離開父母的羽翼之前，記得大人給他的愛與自主空間。這樣，我們這些大人的人生基測才有可能All Pass。

絕版人讀絕版書
作絕版事

　　一開始先是迷上新詩的文字魔力，後來閱讀的詩集越來越多，眼睛和心神被一本本設計特殊、開本大小不一、紙張印刷年代的氛圍、封面的畫作、詩人的詩藝風格深深吸引……就這樣陷入不可自拔的詩集蒐藏黑洞中。這黑洞的引力從十三歲形成之後，至今未曾消失；那裡面除了有我叛逆的青春期，之外就是寫詩、讀詩、蒐買詩集，在之外，也仍是詩、詩、詩和詩。或許這是由不自覺想變成詩人，逐漸導向「無論如何也要成為詩人」的原因吧！尤其一生中能出版幾本教讀者苦苦搜尋、或只能遺憾地影印流傳，這樣的絕版詩集，隱隱地變成我寫詩的變態潛意識了……

　　啟蒙我的第一本現代詩集是陳敏華的《晨海的風笛》，詩人早已久居國外，此集約在1970年代中期與醫生攝影家耿殿棟合作出版，詩文搭配風景攝影畫面，呈現一種抒情、浪漫之感；乃我父親不知何年何地買的，大概因為它是詩與攝影合集的原因，被父親一時心動而買下的吧？雖然我仔細地把它讀完，但卻不能滿

足我對詩技巧的滿腹疑問，於是馬上就跳接到鄭愁予、瘂弦、洛夫、白萩等前輩的詩集了。這本書不知為何失蹤？裡頭可有我最早最早習作新詩的筆記和塗鴉呢！

在抒情斯文「跳接」到詩壇前衛的轉折點上，這份詩人與詩集的名單，是問我的國中導師郭玉琴女士的。當年她才25歲左右，教國文，對古典文學與現代文學非常熱情。我試填的詞牌、律詩、絕句，乃至作業中的各式文體習作，郭老師總是仔仔細細批改，給予我很多鼓勵，對我後來從事創作（而非小學時的作文機器）有一定影響。郭老師雖然自謙無法教導我新詩創作，但是她開了一張有爾雅、九歌、洪範等出版社，共二十幾本包含散文與現代詩的書單，耗掉我一年來存的稿費及壓歲錢——那是我第一次被捲入黑洞的開端。

後來，我就循著書末附的出版目錄，凡是看到註明「詩集」的，就抄下書名；文章裡面提到的詩人名字也一一記下，到書店時搜尋購買。這個時期，凡是有點名氣的都會買來看，為的是博覽各家詩風、增強自己的寫詩功力。

兩三年後發覺，在現代主義詩潮之前，有些詩人已經寫得不錯了，於是想辦法蒐集1970年以前的作品。這麼一來，念高職的三年，便鑽進了台北縣市各重要二手書局、舊書攤；尋寶之旅於焉出發，留下了少艾時期最難以忘懷的「找詩」年代！

絕版詩集的尋寶地圖

國際學舍

1975年以後出生的人大概不曉得，現在的大安森林公園原址是一片眷村。面臨信義路有一幢很重要的藝文場所——國際學

舍，是舉辦書展、學生交流聯誼、商展、舞會等等的綜合場地。它的兩旁聚集了許多家裱裝店、書報攤、小吃、雜貨，以及二手書店。由於那時交通要花我來回三小時，我每每在上午開店時即報到，中午找家北方麵食應付一餐，便又繼續尋寶。有時也被商展便宜而豐富的產品吸引，進去國際學舍展場買一兩色什貨。

　　天空真的變了。當時買書的過程中很少抬頭看天空，一雙眼總埋在一落落、一堆堆的舊書中，而雙手更是搬著撥著壓在上頭的書，深怕一本詩集就隱身於書堆之中，被我錯過了。於是，幾乎是在搜尋最後一家店之後，袋子裝滿了收穫時，才抬頭看一下天色，已是夕陽佔半天。不像現在帶小孩去大安公園，各種綠高高低低鋪成一張活色紙，藍天一大片、陽光活艷艷，就是夕陽也放大好幾倍……可是，當我走過信義路國際學舍舊址之處，總有一種魔幻的感覺；那裡，彷彿是被「結界」封印的一塊魔法之地，有我因為找詩而灼熱發光的身影，還在那裡等待，永遠永遠總是欠缺的一本又一本的詩集……

光華商場

　　還在二十一世紀初，偶而會在光華商場地下書街，與一本詩集相遇。隨著電子科技產品在時代日益增加影響、普及，連我也在那裡買過兩台電腦與周邊設備，而非帶著口罩、穿著不怕弄髒的衣服，在被我視為絕版詩集的地下書礦中，挖掘心愛的寶物……

　　在1990初期，那附近還有一家「ROXY」PUB，如果晚上約了人去跳舞喝酒，那就很慘。因為我得在下午出門時打扮好一身跳舞行頭，唉，偏偏那種行頭很不適合去挖書礦，而我又想出一趟門作兩件事。我曾經穿一身最流行的蕾絲龐克，頂著抹上半瓶

髮膠的雞冠頭挖舊書，其結果是：白色蕾絲裙跟襪褲花斑了，髮膠上黏著可以牽絲的棉絮、蜘蛛網、灰塵。還好晚上PUB裡燈光昏暗，只是悶出來的體味，自己都聞得到，恨不得灑上一瓶小香水！

　　說來光華商場是我最喜歡的舊書集散地。我不僅買回詩集跟一大堆便宜的經典文學書籍，也曾在那裡作「資源回收」的循環利用——把不喜歡的書拿來賣。不過我通常是拿少量且較具有價值的書，經老闆估過價錢之後，再跟老闆換他店裡的書。通常熟識的老闆會讓我多挑幾本，往往超過帶來的賣書額度；對我而言，「以少換多」是一種不錯的福利。

　　而我最初接觸古董、老的珠寶飾品配件、半寶石、玉石木雕等知識，也是在光華商場。不知何時，那一帶也湧現挾帶真假古董物件的大陸客、中盤商等複雜成員，雖說東西變多了，下手卻更要謹慎。海外詩人、小說家馬建來台時，我還帶他來這裡尋寶。他挑了一件清代木雕小佛像，只見雕功精緻，木質油亮，價錢從800元殺到250元成交！比我買舊書殺的折扣還狠！

板橋南雅市場舊書店

　　我的一部份童年，與青春，在南雅市場兜了一個圈子，相遇卻無法相見。

　　是這樣的。十五歲搬到板橋之後，竟發現一家舊書店的對面，是我畢業的板信幼稚園！八年，久違了，這小小的可愛的校園……一直都沒機會再進去看看，我的腳程只是到舊書店而已。

　　這家由一對夫妻經營的二手書店，還真是我奶油桂花手的寶地！早期黎明出的軍中詩人選集、時報一系列黑色調的詩集，如高大鵬的《獨樂園》、洛夫的《時間之殤》、羅門的《曠野》

等、羅智成的《傾斜之書》、有陳秀喜簽名的《灶》、苦苓簽名的《躺在地上看星星的人》、夾有五十歲左右的洛夫在中橫天祥的照片的《魔歌》……等等近百本極為珍貴的絕版詩集、詩人親筆簽名書，都是在這裡蒐買到的！

由於離家近，三不五時就向它報到，而且還帶弟妹、同好、詩社同仁們來捧場，老闆娘與我日漸相熟，後來她還會把詩集和文學書籍放在一個角落，方便我去挑選，書買得多時也會主動給我折扣。

為什麼有那麼多詩集會出現在這家店呢？我懷疑，板橋一帶有數位前輩詩人，在「週轉」著近二十年期間的詩集，卻恰恰被我接收了。所以，住在板橋的十四年之中，是我收集絕版詩集的黃金歲月！

絕版詩集的魅力
就是要絕版給你看

沒有一個年代像1980那樣充滿詩的藝術面貌，與紛雜的聲音。或許這是我的錯覺？台灣的現代詩自1950以降就一直很熱鬧？總之，那是我寫詩、讀詩的1980年代，一群同樣早慧、熱情瘋癲、自識不凡的青少年詩人，造就了一個絕版的詩之年華。

《南風》、《象群》、《新陸》、《地平線》、《薪火》、《珊瑚礁》、《同溫層》…… 一個個年輕的詩刊同仁社團、一本本小如手掌、長如煽板、方如花磚的詩刊，躲藏在東區的「春之藝廊」、公館的「人文空間」、「呆呆居」、耕莘文教院、香草山書店、書林書店，乃至詩人的朋友，的朋友所開的什麼怪店的角落中，都可以看到這些編排雅緻、用紙大膽，文圖並茂的詩

刊身影。

　　「詩就是小眾，是精英分子金字塔中一撮人看的，怎樣？」有些詩刊居然明白標示：本期限印350冊。本書編碼：311。還有咧，本書手工製作限量100本。本書為23/100。真是教我看了膽戰心驚，深怕買得太慢就沒得買！限印版：e東半球台灣中文版400冊。天呀！好狂的口氣呀，難道還有西半球的外國版嘛？實在太有自信、也太幽默了。買！通通都買！誰教我也是一個愛詩的絕版人呢？

　　詩集詩刊印的少，詩人一點也不膽怯，反而昭告讀者：就是保證會絕版，所以你要把握時機，趕快買下來！這種宣言的姿態，在彼時是多麼刺激我蒐藏的情緒呀！所幸，我也逐漸加入這些詩社的交流，日後的詩刊幾乎都是大家互相換來換去，省了一些錢。而這些1980年代的詩友們，我未曾忘記我們年輕時的故事，只是詩之年華對某些人來說，當是另一種絕版的時間了。

見證時代變遷　風華永存

　　撫看著一本本泛黃、脫頁的老詩集，內心常感激動。就像《軍曹手記》的扉頁，有作者辛鬱親題「給　沙牧大哥　誌念　辛鬱四九、11、24赴金前夕」字樣，封面蓋有沙牧的藏書印。若是再讀了〈後記〉，就更了解此書誕生的背景，令人無限感慨。

　　每一本舊書都有自己本身的漂泊，例如我在牯嶺街收到徐訏《彼岸》，竟是作者的詩、散文、小說合集。徐訏是誰？想必很多人都不知道了，這名大作家是三毛的乾爹……而此書封底有三次轉手的標價；從五元、十元，到我收購時的五十元。內頁也存有前兩位主人的心得；面對一本民國四十四年出版的文學書，我只有尊敬，不敢在上面寫字。

　　我發現早期的詩與藝術活動是緊緊結合的，或可說是互相激盪。這從詩集封面所用的作品不乏陳庭詩、劉國松、李錫奇等大師之輩，甚至袁德星（楚戈）也出過詩集《青菓》。我最喜歡的封面之一，是艾山在香港出的《暗草集》，封面是陳其寬的作品；另一本是綠蒂的《綠色的塑像》，畫像陳碧雲、設計江義雄，封面就是一幅很棒的藝術畫。還有許多，實在無法說完……

　　這些詩集雖然破舊了，我甚至還要用保鮮膜包覆保存，它們帶給我的年代意義、美學與文學上的雙重價值，卻讓我深深感懷不同時期的詩人風華，見證現代詩面貌流轉的樣貌。而它們，也都是一本一故事；關於作者的、我與它之間的、書本身的。我感覺它們不只是書，而是一個會凋零老舊的肉身靈魂。

　　我與絕版詩集的對談，還在繼續。我，也仍在書海之中，搜尋著喜愛的詩集。因為，它們是未來的絕版詩集呀！

延伸知識：

近年來電子書崛起，造成紙張書籍印量縮減。但優良的文學、藝術書籍反在拍賣市場上奇貨可居。周夢蝶的《還魂草》、《孤獨國》；夏宇《備忘錄》都傳出一本兩萬元以上的拍賣紀錄。本人1997年出版的《骨皮肉》，在2010年網拍則以出價30多次，3868元結標售出。這又是「書中藏有黃金屋」的鐵例。

附錄

青春好好玩

講者：顏艾琳
　　　（詩人作家、大學講師、官方顧問）
地點：國立海山高工圖書館六樓
日期：2006.4.10.

　　剛剛到學校的時候，發現學校周圍改變得很多，以前四周都是稻田，下課從教室看出去的時候，金黃陽光一片，土城市區的模樣盡收眼底。大家好，我是學姊顏艾琳，我是海山高工、第五屆模具科畢業的。進學校這年，是模具科第一年開始收女生，手掌裡還留有當時實作課嵌進的鐵屑，二十二個年頭過去了，記憶還是很清晰。台下算數了一下，現在的女同學還是少數，六個、四個，汽修科還只有一個女生；女生學汽修是很辛苦，但現在是講求專業的年代，女生學汽修不見得不好。

　　在海山三年，我參加了校刊社。校刊社跟新聞社是當年學校兩大社團，原因是可以光明正大的因公翹課。海山高工是國家重點扶植學校，從以往就擁有自主開明的學風，只要八、九個人就可以申請社團，由學生發起，不是學校規定你要參加什麼。我後來進入輔大的時候，因為豐富的創作編輯經驗，校刊社有意延攬入社，但我婉拒了，因為在高職三年，我已經學會所有編輯的基礎技巧概念，不需要再次進入校刊社走一遭。扎實的通識教育基

礎，高職三年看似不務正業的社團經驗，使我可以選擇不一樣的大學生活。

　　把時光消磨在社團，忙到了一些課的老師對我發出最後通牒：「那個請轉告顏同學來上課」，但往書包裡放的還是詩集：白荻、洛夫、鄭愁予、濟慈，接續再讀起了老子等各家的哲思理論；理直氣壯的逃脫，心全都在興趣上。有一回窩在社團看書，正巧被校長碰個正著，提著心準備挨刮，校長開口只說了，「你在讀黃春明呀，他的小說很不錯。」畢業當天，畢業生一一同校長握手離校，他勉勵我一定要念大學，尋求更寬的天空。經過半年補習班苦讀，我考進輔大歷史系，持續銜接寫作與編務的興趣。

　　現今的學測已經沒有三民主義跟軍訓的考科，對此我有不同的看法。接下來的世紀將會是中國、華人的世界，對岸的中國企業仍維持一定的軍隊組織管理文化，我們要接軌的不僅是專業的技能，如何在這樣的管理文化中發展，其實在三民主義跟軍訓這兩門學科中，存有非常簡要基本的觀念。不爭第一的頭銜，而是要養成思想的獨一，博學強記，是學習的不二法門，中國已經陸續開辦所謂的「孔子學院」，目的是要讓全世界大量接受中文的影響力，由此可見。中華的世紀、東方文明的傳說，是我們面向世界的利器，傳統的東西，千萬不可偏廢拋棄。

　　一路求學經驗的曲曲折折，養成我逆向思考的習慣。很多年輕的同學擔心萬一失敗了怎麼辦，但不失敗過，一直維持「我要考第一名」的迷思，錯過的風景其實更是多，失敗是轉彎的機會。我在從事漫畫出版業的時候，眼見很多漫畫家用很不得要領的方法去繪製建築物，我一看，發現其實用透視圖的畫法就能解

決，這是來自我三年工科的訓練，曲折的路，就是這樣有趣、這麼出乎意料。

　　年輕的本錢就是時間，即使讀完大學出了社會工作，頂多也是二十出頭，可以用十年的時間去投資自己。投資自己，去嘗試各種機會，盡可能的碰撞。這是在我求學時候，開放的學校環境教會我的事情，維持多元，青春就是要好好玩，將能走出自己的一道風景。

（節錄整理／居樂斯）

愛與靈的革命
顏艾琳《無色之色》

◎馮瑀珊

　　是的，這是場革命──那形而上的革命；關於愛、自我完整，以及靈魂。

　　若我說顏艾琳是從唐傳奇走出來的奇女子，一點都不為過。在她身上可以見到俠女的氣魄和真誠，才女的文采和慧黠，奇女的敏銳和精準。所以當我知道她要演出《無色之色》的時候，期待，自不在話下。

　　要是問我：「無色之色」到底是什麼樣的色彩？我會覺得那是經歷生命眾多糾結之後，沉澱清明的色彩。既是透明純淨，也是繽紛絢爛。

　　看房子，尋找房子；其實只是隱喻尋找一個適合生命發展的環境。就像我們的肉體，是靈魂的房子；而我們的肉體，不也是行走生活在「社會」這個大房子？我十分喜愛《無色之色》的文案：「青春如一面多稜的鏡，在愛裡結晶，也在愛裡幻覺……世界的光斑朝我射出，記憶的灰塵使我過敏，微塵與光線不是我能揮去，我無可避免淚眼朦朧……親愛的自己，我該如何與你無

關。」

　　是的，親愛的自己，我該如何與你無關？夜深人靜的時候，打開內心的盒子，總有一個聲音問道：我想要什麼？我喜歡什麼？我擁有什麼？我，還可以是什麼？所以這是最壯麗的革命，為了成就「自己」的革命。

　　在看這齣戲的時候，有時候我笑，會心一笑那些生活的面向。但大多數，我是泫然欲泣的；彷彿看著內心的糾葛被搬演。像是自己的某些部分被展演出來，感同身受，有種撕裂坦白的痛快。我覺得許多女作家都會面臨和自己「分離」、「抽離」、去到那完整的荒原。每每牽纏糾結到心都痛了碎了，更何況是其他的女子？那些更貼近社會的女子、總為別人而活的，女子。《無色之色》正是展現那些色彩交融泮渙的結晶，是生命靜定安慮之後的「得」。正如《微美》一書，總讓我看得淚眼矇矓。

　　《無色之色》像一個鉤子，深深探入生命最深層。輕輕一動就會痛楚，讓靈魂嚎啕大哭。表面上好好的一個女子，內在卻被勾起沉沒的種種。生命裡各種狂暴的、寧靜的、喜悅的、憂愁的、傷害的、痊癒的、百無聊賴的⋯⋯全被重新解構；再，建構。

　　這就是《無色之色》，是顏艾琳的，也是我和妳的。

　　　　　　　　　（轉錄自迷瑀──部落格http://www.wretch.cc/b.）

訪顏艾琳
談青年的價值觀
打破星光迷思！

青少年在想什麼
從社會價值觀解套

◎張秀珍

　　想一鳴驚人嗎？近來素人歌手暴紅，使得青少年個個懷抱著明星夢，紛紛想以歌聲走上「超級星光大道」一戰成名，雖然它代表一種快速成名的捷徑，一種無法抗拒的社會價值潮流，但在光鮮亮麗的背後，不為人知的付出，卻是得睜大眼睛認清的事實！

　　「星光幫都是千中選一，先捫心自問，你有沒有贏過1,000人的實力？」斬釘截鐵的一句話，麻辣作家顏艾琳點出了「星光幫」的迷思。近年來崛起的選秀節目，成了素人暴紅的舞台，不過，只要看過星光或超偶節目的人就知道，凡是想成為前二十強，必須先從一、兩千人的初賽闖關，再經過一輪輪殘酷淘汰，縮減為百人，才有能耐進行複賽，成為最後那三強、五強、二十強，拿到唱片約，至少得歷經七到十個月，因此，不要以為星光選秀都是直接報名，就可以上舞台！

　　第一輪選秀淘汰賽尤其殘酷。參賽者試唱往往不超過三十秒就要下台，如何在短短三十秒內展現實力，就是平時鍛鍊的結

果。進入後期激烈的競賽,為了比賽效果,有時必須配合演戲、跳舞,進跳舞教室練舞,或搭配另一個完全不同的行業,接受歌仔戲或南管等怪怪的訓練,有人把工作辭掉,有人請假不上課,付出的代價,更是難以言喻。

杜絕害怕失敗　想成名趁早

顏艾琳是位深受學生歡迎的老師,她言詞麻辣、行為前衛、思想創新,學生要搞怪,絕對搞不過她,想霹靂?絕對沒顏艾琳霹靂,在她的「魔鬼訓練」下,只要是她的學生,都知道參加這類似的競賽,絕對被操得很慘,「但是我鼓勵他們,任何嘗試,一定要在學生時期,盡量去嘗試,不要害怕失敗,不要害怕哭泣,不要害怕跌倒。」

因此,編採班上課,「今天的頭版頭條是什麼?」顏艾琳總是這樣問學生。對競爭力低的大學生來說,他們缺乏什麼,顏艾琳就教他們什麼,因此,在她的課裡,有帶入社會經驗,也有其他生活知識,教法常令學院派的老師們SHOCK!為了讓這些小朋友盡早融入社會,顏艾琳強迫學生一定要買書、看報章雜誌、從事文化消費,她認為,每一個學習機會,都是培養個人未來上舞台的基礎。

小地方看價值觀　切忌自我放棄

顏艾琳說,時下青少年的視野都太狹隘,不是太早自我放棄,就是太過於自信,而流於不負責任。有一次,期中考編採課成績揭曉,一位拿獎學金入學的同學,竟然三題只寫兩題,另一題完全空白,只拿了40分。問他,為什麼?他說,我的思緒沒辦

法匯整,想很多。「我覺得你是個會讀書的人,想得多,就盡量把它表現出來,你是可以改造自己的。」顏艾琳說,可惜的是,這名學生提早自我放棄。

這時,另一名同學跑過來哭,「老師,我為什麼才65分?」看一下考卷,顏艾琳給了學生一個無法反駁的機會教育:身為中文系學生,明明時間充裕,又是第二個交卷者,卻有七、八個錯字,顯示考完後,你並沒有校對。學生會來問分數高低,代表對自己的表現仍有一點點自信,這種自信應該表現在作業跟考卷上,既然有時間,為何不回頭再檢查呢?這樣輕率的交出成品,對自己負責任嗎?

麻辣教師以身作則　教孩子提早接觸社會

對這位平常上課會翹著二郎腿,和學生打成一片的老師來說,她時而皮衣、龐克加卯釘的另類打扮,比學生還作怪。顏艾琳認為,現在的孩子,簡直就是在父母羽翼下成長的,有人甚至從幼稚園、小一,一路補習補到大學,完全沒有發展自我的空間。

「我常跟學生說,站在你們面前的這個人,是一個非常矛盾的人,從高中開始組Band、開始混,大學時因為不屑參加任何社團,乾脆自己創社,搞了一個貓劇團,大學過得很跳Tone,每個階段都會給自己一些新鮮玩意兒和目標,現在還想學點音樂(電吉他)。」顏艾琳說,自己從唸高職起,便從事任何感興趣的事,包括傳播業的編輯、採訪撰稿、企劃、活動執行等社團或實習工作,並從一次次聯絡中,訓練自己的膽量和訪談禮節。現在,她的學生一樣在書籍團購中,從跟催、交書到聯絡(出版

社），提早和外面的社會接觸，顏艾琳認為，愈早承擔責任，對大學生是件好事。

顏艾琳還帶學生走出校門，體驗校外的職場世界。從了解什麼是藝術行政、劇場行政，到看展、聽時尚廣告總監聊創意，讓學生實際接觸社會所需的知識。她讓學生知道，文科也可以做很多工作，但要賦予靈活度，觀點要Open mind。想進時尚圈，一定要多看雜誌；想當視覺設計者跟藝術行政，一定要多看展；想走創作跟公關行銷路線，一定要多看書、多買書。

顏艾琳告訴學生：專業是建立在普世價值的觀察上！「只要你懂點飲食，懂點消費，懂點行銷公關，懂得觀光，多元涉獵一點，最後到職場時，你都可能會用得到！」

父母的保護傘　扼殺了孩子的價值觀

「不過，大學生最糟糕的，就是不清楚自我定位和興趣。」顏艾琳認為，很多家長會干預孩子的發展，不願孩子從事太藝術或文學的東西，結果現在文創這麼夯，傳播業卻缺乏好人才，現代青少年會變得這麼內涵空無，全是被父母、大人所造成的，孩子的社會價值觀，源於他們還在父母的保護下，而且像雛鳥般被保護著，這是很糟糕的一件事。

因此，顏艾琳總是建議學生過自己的人生，愛自己的人生，多培養自我興趣，能拿DV拍片、做後製剪輯的，都盡量去做，像電子書、電子化、數位化等，都是未來的趨勢。只要自己的興趣愈廣，除了自學，努力聽演講，趁自己還是學生身份時，去爭取、參加不同的表現機會，這樣你的舞台才會出現。

為自己人生負責　只有多參與

至於，任何事情都是要付出的。即使星光幫都必須經過千中選一，如果沒有贏過1,000人的實力，哪能瞭解別人為歡喜而哭的心情？因此，青少年必須自覺，不要以為，大人都要為你的事負責，畢竟父母已給了你一個環境，到了大學，有了更大環境，利用圖書館、藝文中心，甚至系辦老師的資源，多讀雜誌跟書籍，培養內涵專業，先建立起自己的價值觀，為自己的人生負責，有理想，還得要去實踐！

顏艾琳並給青少年一個忠告：不要看別人光鮮亮麗，在這些光鮮亮麗、輝煌燦爛的背後，有多少代價，就有多少的付出。就像有人說，我想演戲，然而演戲這個行業非常辛苦，如果自己都不去劇場看戲，要怎麼演呢？我只能說：多參與，多參與，多參與！

台北市政府，《健康季刊》2010.9月號專題

不想作任何人
跨界女詩人
顏艾琳的美妙旅程

◎小魚

　　在陽光灑進大片落地窗的午後，顏艾琳剛與藝文界朋友聚完餐，充滿活力的來，點了杯水果冰沙，開啟繽紛的談話。外界給予她諸多頭銜，譬如：跨界創意人、前衛詩人、活動策展人，「我不覺得自己前衛，前衛永遠會被推翻；我喜歡被稱作詩人，因為寫詩是我最喜歡的事。」這是她直率的回應。

詩人的創作生活
　　四年前離開朝九晚五工作，是顏艾琳重要的決定。十幾歲開始毛遂自薦接下藝文界前輩賦予的艱鉅工作，在出版界闖蕩二十年，接觸無數中外作家、詩人，結交四海朋友也建立起人脈網絡，顏艾琳想，還能做甚麼？

與詩並進，日常被靈感充滿
　　「詩」對於早慧的顏艾琳來說是特別的，國中時從鄭愁予、余光中看起，進而至瘂弦、洛夫及書中提及的更多前輩詩人，愛詩、買詩集、寫詩，是像空氣般必須存在的事，喜歡寫詩，因為

詩並非人人能掌握，特殊文體需有高度抽象思維，方能寫成。

「寫詩的時候可以抽離現實中的身分、社會賦予的壓力，進入創作世界，被靈感所填滿。」這種同時被抽離、被填滿的狀態，讓詩人情有獨鍾。顏艾琳的創作靈感來自對過往的懷想、在戀愛中的情緒、以及日常中大小事，「譬如我會記得每年中秋在哪裡過的，還會記下那年透過窗看月亮時，窗框的顏色，這些都可能成為我的創作靈感，人不會白活，所有事情在往後都能發現其意義。」

忙中暫歇，為自己創造寫作空間

決定從辦公室出走，進入SOHO工作型態，來自心中的一顆火苗，「有了自由支配的時間後，我有更多時間去實踐，在學校教課、擔任文學獎評審，傳承詩的文化；策劃活動中融入詩人創作，引起社會對詩的興趣。」這些是顏艾琳這幾年積極進行的事，「文化圈中，相對來說還是較多男性位居要職，較有資源分配的權力；我希望推動女性詩人、年輕作者多於文壇中曝光、交流。資源絕不會只握在自己手上，而是與文壇朋友共享，有什麼活動，一定是吆喝大家來，發言、討論、選稿，沒有上對下的關係。」

因為忙於教育、文化推廣，相對壓縮了個人創作時間，問顏艾琳有沒有甚麼從多角色進入單一詩人角色的方法，她說「小睡一下、散個步、在陽台發呆，或者手寫一封信給朋友。」忙碌中的簡單儀式，切換了狀態，不忘持續創作。

顏艾琳也是台灣飲食文化協會的理事，生於美食之都台南的顏艾琳有著品嘗美味的底蘊，頻繁的兩岸交流歷練及愛好旅遊的天性，讓她嚐過大小佳餚；進行飲食文學書寫，是顏艾琳近期的

計畫，令人期待詩人濃烈情詩中的重感情，如何躍上美食呈現，再次吸引一票子情感豐沛之人。

演過舞台劇，就能迎向所有挑戰

2010年顏艾琳演出舞台劇《無色之色》，是女詩人專場創舉，從第一人稱出發，飾演不同年齡與不同女作家原型，除了顏艾琳本人，還包含女性主義先鋒——英國作家維吉妮亞·吳爾芙（Virginia Woolf, 1882-1941）、刻劃自身喪親之情的《奇想之年》作者美國名作家瓊·蒂蒂安（Joan Didion, 1934-）、及半自傳小說《黃壁紙》作者夏洛特·吉爾曼（Charlotte Perkins Gilman, 1860-1935）……等。

整場表演中有三分之二的時間是顏艾琳的獨角戲，因為高中組過樂團、大學玩過劇團，接演當下是無懼的，「上場前在黑幕後面，心跳突然加速，感到緊張，但是開場、聚光燈打下後，我告訴自己，時間到了！於是終能流暢投入地演出。」經過這回考驗臨場反應的經歷，「最大的收獲是往後有勇氣接受任何挑戰，因為這麼即時性的表演都能完成了；藉由演戲，也學會轉化情緒，在舞台上情緒很滿但為了演出不能哭出來，這樣的體驗，使

詩人顏艾琳，2010年挑戰舞台劇演出，劇中有三分之二時間為獨角戲。

我更能將情緒轉化為創作的力量，而不是單純發洩了事。」

從讀詩、寫詩、教育、交流、策展，其實在舞台劇落幕前，顏艾琳早已懷抱不自我設限心情，嘗試一件件跨領域的事，圍繞著「愛詩」的初衷，自信但謙和的遊走華人文壇、藝壇。

雜食性美學，天天好滋味

顏艾琳多次提到自己是「雜食的」，年少時跑過百米、跳過花式跳繩，田徑是她的一部分；以情慾詩聞名、挑戰近乎一人的舞台劇，予人前衛印象，但同時極喜愛古典的精緻美好；看了幾十年畫作，並且熟記畫家，台灣藝術也是她的熱情所在。

珍藏所愛，學習從容

家中藏有持續不斷蒐羅的絕版詩集，初估上千本；戀玉石珠寶，不時手癢從天黑到天亮設計半寶石飾品；還有成疊古樸瓷器，多轉手自親友，作為盆栽器皿、或是放上新鮮水果，為生活添加繽紛氣息。生活中有如此多美好事件、物件，如何從容將其各規其位呢？

「我也還在調整中，譬如利用接下書評的工作，讓自己定期看書；因評審、寫序、交流、展覽的邀約多，也會盡量篩選出有新意、有挑戰的，藉此把握自己想學的事物、想要的生活。」

回到居家生活，顏艾琳愛動手做菜，煎蒸碳烤出美味，隨季節變換的傢飾布、隨興擺放的小盆栽，轉換空間氛圍；沒有工作的日子便是假日，騎騎單車，若與作家先生吳鈞堯及兒子的時間搭上了，會進行兩到三天的台灣之旅，了解這塊多情的土地。

兒子眼中：漂亮而奇怪

國二兒子對於母親的描述是「漂亮、奇怪」，打扮時而龐

克、時而氣質，總像孩子般愛挑戰、愛交朋友，愛帶大家一起玩，但到了國際交流場合，穿上名設計師的衣飾品牌，掩不住的慧點自然流露；兒子也書寫創作，一家三口會討論、會談天，不設限。

目前聽的是搖滾樂團俏妞的死亡計程車（Death Cab For Cutie），也欣賞中國盲人歌手周雲蓬的《牛羊下山》裡舊詩新譜，並推薦台灣原創音樂人／作家步璃的創作，「我不是按音樂類別聽，而是喜歡編曲特別的音樂。」又一次展現詩人「雜，卻精」的特質。

「成為SOHO族後，一般人認為我過得像退休生活，在閱讀、聽音樂、創作中輪轉，但是藝文界朋友說我很用功，因為所有雜覽，都是在吸取能量、思考新東西；我也愛看國內外時尚雜誌，喜歡美的事物。」

熱情與好氣色，讓女人美麗

女人的美千變萬化，談到保養，曾有施打脈衝光經驗改善小斑的顏艾琳，最重視好氣色，防曬、去斑，讓自己看起來有活力。平日梳洗則輕灑礦泉噴霧，於乳霜前以蜂膠精華促進肌膚活絡；正值秋初，特別加強保濕，睡前敷上洋甘菊凍膜，隔天便有水潤臉龐，「我選購保養品沒有固定品牌，以舒適好吸收及喜歡的香氣為選擇條件，秋天著重保濕，冬天較乾燥則重滋養。」

最後，請顏艾琳與我們分享幾本喜歡的書，她說愛書實在太多了——寫滿眉批的《鄭愁予詩選集》、焦桐的《臺灣味道》，到精裝版《心經》……。再想起她聽的電子搖滾、她喜愛的設計師品牌，直讓人覺得是名無法定位的千面女郎，「我不想當別人，保有好奇心、熱情，隨時充電，是我一貫的態度。」顏艾琳的話，為自己下了最好的註解。

《醫美人》，2011.11月刊

跨界創意人是文藝青年的理想行業

◎陳文瀾

　　文藝青年不見得註定窮酸，也有人活得光鮮亮麗。甫獲頒吳濁流文學獎新詩正獎的顏艾琳，雖然年僅42歲，卻已獲得此一表彰終身文學貢獻的大獎，而她不僅在創作上卓然有成，還是台灣首位得到文創公司經紀約的作家，其作品已被推廣至國際文壇，更是個日夜忙碌的跨界創意人，奔波於海峽兩岸各大城市間。

　　「我在出版業任職近20年，編輯過F4、SHE、高行健、李家同、白先勇的書，也經手過《魔戒》（*The Lord of the Rings*），從最流行、最經典到最暢銷的作品，都曾經參與，心想可能再也無法超越，所以決定『跳出來』，轉行當專職的跨界創意人。」顏艾琳笑著說，現在偶而會感嘆太晚才下定決心，而對身為一個孩子的媽媽的她來說，跨界創意人工作時間較為彈性，可兼顧家庭、事業、理想、興趣，而報酬也不下於一般企業的經理、協理階層，堪稱最適合她的職業。

　　文史科系的畢業生，常哀怨「錢途」遠不如讀理工、法商

科系的同儕光明，彷彿只能在低薪資、高工時的工作間打轉。歷史系畢業的顏艾琳，以自身的經歷為例，鼓勵後進可將跨界創意人當成職涯目標，不過前提是，除了本身最好也會創作，對藝文活動有廣泛的興趣，但應先進入知名的媒體、出版社任職，並待上一段時間，等到累積豐厚的人脈與辦活動的經驗後，再以此為業，否則將非常辛苦！

文藝青年也要懂財務

那麼，何謂跨界創意人呢？顏艾琳解釋，當下的文化商品若想創造更大的經濟利益，就一定得進行異業合作，例如與音樂、電影、戲劇、旅遊、飲食與各種展覽、活動搭配或共同造勢，或與其他商品、服務聯賣，而幕後的推手就是跨界創意人。

顏艾琳強調，跨界創意人不僅要具備深厚、多元的藝文涵養，更需懂得寫企劃、寫文案、行銷、辦活動，甚至當主持人，才能成功地使異業合作「無縫接軌」，而不可或缺的，還得有「堪用」的數字、財務概念，才能精準地抓成本、估預算，讓業者或政府單位可安心委託相關業務！

「然而，就算精通這些，仍不足以成為出色的跨界創意人，更重要的是，要有豐沛的人脈，各個領域都要有朋友，更要有創意！」顏艾琳嘆息後說，大多數文史科系畢業生的通病，在於只熱愛閱讀、寫作，對於經營人脈、訓練業務能力、與業者談判折衝，卻可能不屑一顧，甚至完全沒有藝文圈以外的人脈，如此將難以朝跨界創意人一途發展！

對於有志於跨界創意人的學生、上班族，顏艾琳誠懇地建議，在初入社會第一個3到5年，不要害怕換工作，如此才能認識

更多人，但最晚在三十歲左右，務必擠進一家規模、名氣皆頂尖
的大公司任職，更要努力爬升到高階職位，因為透過大企業的資
源，方能快速地開拓視野、累積關鍵人脈！

把自己當品牌來經營

「我曾在聯經出版社服務長達八年，所以才有機會接觸諾貝
爾文學獎得主高行健等文學巨擘！」顏艾琳評估，在成為專職的
跨界創意人之前，至少得有十年以上的職場歷練，才能鍛鍊出跨
界創意人必備的知識、經驗，當還是受薪階級時，千萬不能怕吃
苦、挑工作，不能害怕與不同領域的人接觸，否則根本無法培養
跨界的能力。

至於收入，顏艾琳坦承，跨界創意人必須多方經營、廣結
善緣，最好可建立與數個企業、政府單位長期的合作關係，才會
有較穩固的進項，而個人知名度高低，也直接影響收入高低，所
以必須將自己當品牌來經營，還要懂得經營社群，好比社區讀書
會、前往各社團演講，「一般來說，最差的月份，收入還有三到
四萬元，最好的月份，則超過十萬元；平均起來，月收入與在大
公司任職相較，並不遜色！」

常常接受媒體採訪，每年平均受邀前往海外跟大陸參訪二到
六次的顏艾琳微笑地說，現在台灣已愈來愈重視文創產業，藝文
活動、文創商品如雨後春筍般湧現，所以對跨界創意人的需求正
快速增加，而中國更是一塊不可忽視的新興市場，「未來，台灣
的跨界創意人一定要佈局中國市場，才會更具競爭力！」

從事專職跨界創意人的最大樂趣，顏艾琳認為，在於可認識
不同領域的菁英，還可打扮得漂漂亮亮出門，不過也有其辛苦之

處，尤其資訊消耗量極大，必須大量閱讀各領域的新知、新聞，還得緊盯潮流、趨勢的變化，並針對不同客戶量身訂製不同的企劃案，否則很容易落於人後！

作者大事記

著作

顏艾琳的祕密口袋（散文、哲思札記），石頭出版，1990。

抽象的地圖（詩集），台北縣立文化中心，1994。

骨皮肉 （詩集‧中時開卷好書推薦、聯合報讀書人一週好書金榜推薦），時報，1997。

晝月出現的時刻（精裝軟皮書附音樂CD），探索，1998。

跟你同一國（生活散文‧與夫婿吳鈞堯合著），探索，1998。

漫畫鼻子（漫畫評論‧民生報、大成報、TVBS周刊、聯合報、文訊等媒體推薦），探索，1999。

黑暗溫泉（詩集──台灣女詩人十家系列），大陸瀋陽＊春風出版社，1998。

跟天空玩遊戲（童詩集‧2001春季「好書大家讀本土創作」推薦獎），三民出版，2000。

點萬物之名（詩集），台北縣立文化中心，2001.12。

讓詩飛揚起來──詩歌朗誦與賞析（與向明、蘇蘭合著‧北市教育局

推薦語文輔助教材、金石堂與各書店、語文教師們長期推薦與教材使用），幼獅文化出版，2003.09。

她方（詩集・幼獅文藝、文訊等推薦、讀書人版一週好書、誠品好讀推薦），聯經出版公司，2004.10。

林園詩畫光圖（詩集・官方刊物與台灣各大詩刊推薦），台北縣政府文化局 林本源園邸，2009.1。

微美（箚記・聯合報、人民日報、上海文學、文訊、台中港等媒體博客推薦），華品文創，2010.4。

兩岸網站
blog

顏艾琳的部落格 http://blog.udn.com/w5667
大陸的博客 http://blog.sina.com.cn/u/1698441415
臉書顏艾琳 專屬網頁

其他經歷

輔仁大學歷史系畢業・省立海山高工・北縣中山國中・土城頂埔國小
2007以優異的創作成績通過推甄，並經口、筆試，第二名考上國立台北教育大學語文創作所碩士班；但認真上課近兩個月後，發現學術研究並非興趣，毅然辦了休學、轉而投入創作與教學。

聯合報文學獎新詩組複審、初審評審。
時報文學獎新詩組複審、初審評審。
自由時報林榮三文學獎詩組複審、初審評審。

吳濁流文學獎詩組、兒童文學類決審評審。2010年吳濁流文學獎新詩
正獎得主。

台北文學獎、金門文學獎、北縣文學獎、竹塹文學獎、基隆地方出版
評委或決審評委。

台東縣政府「後山文學獎」新詩組複審評審。

台灣文學獎詩組複審（2006/9、國家圖書館舉辦）。

行政院新聞局金鼎獎評審三屆、並擔任一屆漫畫圖像出版組評審召集
人。

行政院新聞局中小學優良課外讀物兩屆評審。

救國團全國大專院校文藝營老師兼評審、北縣高中職文學獎評審數十
次。

自21歲開始在全省各大學、高中職、地方區域、全國性藝文比賽評審
已超過400次。

青年寫作協會理事、授課老師（1995-2002）。

耕莘文教院寫作班新詩、漫畫講師（1994-2011）。

全國大專院校詩歌朗誦表演總決賽評審十次（1994-2003，後來停
辦）。

北區七縣市大專院校、北縣、北市高中職、國中詩歌朗誦決賽評審數
十次（1993-2010）。

知風草基金會少年觀護所藝文老師（1998-1999、2001）。

幼獅文藝寫作班特聘現代詩、散文、出版編輯學講師（2003創辦至
今）。

1995年台灣第一屆漫畫v.s.文學研討會，首場漫畫論文發表人。

報刊雜誌漫畫專欄作家；作品已集結出版成《漫畫鼻子》。

自由副刊「四方集」（2001-2002）專欄作家、聯合副刊「城市瞬
間」（2004-2005）、中華日報副刊「步步緩慢」等專欄作家、國語
日報藝文版「音樂與詩歌賞析」年度專欄（2008），持續為各大文學
刊物媒體撰寫書評。

近年來開始為內地藝文刊物寫專題，介紹台灣人文現狀與藝文產業、新詩等主題；亦受邀為內地詩歌刊物、網站編輯w邀稿台灣詩人作品出版專書、專題。

活動年表

2003年秋冬，教育部大學通識教育現代詩全省巡迴演講詩人。

　　台北國際詩歌節、各縣市詩歌活動多次公開朗誦自己與著名詩人的作品；藝文活動主持人與活動幕後策劃。（台北國際詩歌節、洛夫禪意書法展、女作家系列座談等等，已有數十場經驗；從宗教、漫畫、詩歌、藝術、文學……範疇皆有。）

2003年4月獲出版協進會頒發「出版優秀青年獎」。

2003年「台北國際詩歌節」協助羅智成策劃詩歌活動與聯絡詩人；個別策劃之「女詩人之夜──尹玲、羅任玲、顏艾琳」於中山堂光復廳舉行，現場爆滿。

2002年起，與林煥彰先生共同擔任韓國文學季刊《詩評》台灣區顧問。以推廣詩人白靈、席慕蓉、隱地、焦桐、馮青、蘇紹連、林婉瑜、唐捐、廖之韻、林德俊、王萬睿、吳佳穎等人作品翻譯成韓文。

2002年開始，陸續為日本文學刊物《藍》引介台灣詩人作品、提供詩評。

　　重要作品已翻譯成英文、日文、韓文等，並收入國高中、大學現代文學教材。

2004.10-2005.5跨足公共藝術創作領域，參與長達9個月的台北市第二屆公共藝術節「大同新世界」創作，以手工詩一冊、空間裝置完成詩與社區的對談。其中部分詩作與藝術家合作跨界演出。（相

關藝術或藝文媒體有報導資料：http://www.taipeiart.com/d-311.
htm）

2005-2006年參與藝術家袁金塔、詩人陳義芝策劃的「陶花詩意」巡
迴聯展，曾到連江縣文化局、桃園縣文化局、台北市國泰世華
藝術中心等現場示範陶畫、朗詩。

2005.11至2006.10擔任「詩的星期五」策劃人，邀請周夢蝶、席慕
蓉、南方朔、洛夫、辛鬱、白靈、林水福、許悔之、尹玲、管
管、鴻鴻、羅任玲、朶思、江文瑜、陳育虹……等國內重要詩
人擔任座談，活動並與幼獅文藝月刊、元智大學人文倫理辦公
室、誠品書店信義店和敦南店、聯經文化天地、耕莘文教院結
盟舉辦此一系列活動，獲得媒體連載刊登、場地贊助、活動經
費、人力支援。講座共10場、座談詩人30位以上，成效口碑在
台灣、港澳、大陸、乃至日本詩刊皆有報導。

2005.9至2006.7以專業人士受聘為元智大學中文系「現代詩」、「採
訪編輯與出版學」科目講師。因9月將任職九歌出版社副總編
輯，故暫時放棄教職。

2005年詩作〈都蘭海岸〉被石刻於台東都蘭詩碑公園。

2006年一月，大陸頗具影響力的文學論述雜誌〈文學界〉，首度製作
台灣詩人作家專輯，即是顏艾琳的作品，作品與評論共16頁。

2004-2006擔任北縣金陵女中優質藝文班「現代詩」指導講師。

2006.6月受台東文化局邀請到台東鐵道藝術村，為詩人節活動代言、
演講。

2006.7月擔任基隆暖暖社區公共藝術評委。

2006.4、2006.8與瘂弦、鄭愁予、蕭蕭、白靈等詩人受邀到香港、廣
州、信宜、重慶（長江三峽）、廈門等地參觀交流、座談、朗
詩。

2006.5受全球華人寫作協會之邀，到日本本棲寺發表「台灣現代禪詩
的寫作氛圍」論述。

2006.9參與兩岸出版交流書展規劃，並擔任9/20歡迎晚會主持人。

2006.12詩作〈心事茶〉手寫稿受邀坪林茶業博物館收藏、宣傳。

2006.12協助台北縣立圖書館，策劃北縣總圖、鄉鎮圖書館40多場的藝文講座。

2007.3受周錫瑋縣長之邀擔任台北縣藝文顧問、新竹縣文化局之諮詢委員。

2006.12-2007.2、2007.12-2008.2擔任台北市教育局舉辦「第一、二屆青少年文學獎」詩組全程評審、第一、二屆「青春日不落國」文學營國高中組新詩講師、國中組新詩講師。

2007年1月受邀擔任新聞局附屬機構「中華出版倫理自律協會」評議委員。

2007年7月受邀至金門，於當地五間特色民宿針對金門文化背景，演講五場不同的藝文主題，並長住二十天，之後發表〈留金二十天手札〉長篇散文於媒體上。

2007年8月23-27日受邀至韓國首爾、束草市參加「亞洲詩人大會」，為年度邀請詩人。韓國最大文學副刊、主辦單位製作相關專題，介紹作品與評論。

2007年11月2日，導讀詩作並主持台北市詩歌節「送詩人到校園」，芝山國小詩歌音樂會；與音樂家李泰祥、前輩詩人商禽、周夢蝶、管管、羅門、蓉子等合作。

　　「台灣飲食文化協會」於2007年12月成立，當選秘書長。

2008.5-7月策劃板橋林本源園邸「李錫奇意象詩畫」展。結合當代詩人張默、辛鬱、向明、管管、碧果、古月、張芳慈、林德俊、顏艾琳的詩作，與李錫奇抽象彩墨呼應；並企劃「入林園看畫寫詩」的徵詩活動，推動抽象思考運動。

2008年5.23-5.28與白靈、羅任玲三人受邀至上海復旦、同濟大學，北京大學、人民大學等名校，做演講與交流。

2008年9.12擔任文訊雜誌與台北縣政府文化局合辦之「向大師致敬

——剎那永恆，資深作家資料攝影展」主持人，並訓練組織「三
重詩詞讀書會」學員，現場朗誦古典詩詞與北縣詩人的現代詩
組曲，頗受好評。10/2受九歌出版社之邀，於文壇為余光中老師
八十大壽的慶生會上，朗誦其詩作〈只有你知道〉祝壽。

2008年秋季，為板橋林本源園邸擔任《林園詩畫光圈》一書之詩文撰
寫，全彩詩集於2009年一月，由台北縣政府文化局出版。

2008年秋冬，受榮嘉文化藝術基金會邀請，擔任藝術村駐地詩人、並
於新竹矽谷雙語小學作創意教學示範七場。

詩與散文已入選兩岸三地、英文、日文、韓文「台灣當代重要詩
人/作家」超過一百種選集與專文介紹。研究顏艾琳作品之相關
論述文字已達數十萬字。

2009年詩作由「偷窺者劇團」張桂昤改編為舞台劇，於台北皇冠小劇
場演出。

2009年5.28-6.3至安徽師範大學、南京交流；10.22-11.2至湖北交流；
11.26-11.30至鼓浪嶼參加第四屆詩歌節，並與當地詩人謝春池
主持大型晚會。

2009年五月於板橋林本源園邸，策劃楚戈「不可能的可能」畫展。

2009年協同策劃台北國際詩歌節，並主持「女詩人之夜」、「林園中
外詩人茶詩秋宴」，統籌國內詩人聯絡與節目活動。

2009年7 12月受邀清雲科技大學，擔任「駐地藝術家」。

2009年任教於元智大學中語系、世新中文系「文學龍」新詩班、新竹
教育大學通識中心、台北市原住民部落大學編採班、三重讀書會
暨創作班講師。

2010年3.12-3.29與張芳慈協同策劃台灣大學「杜鵑花季詩歌節——五
行超聯結10位詩人跨界聯展」，並為參展人。於3.12開幕並舉行
「髮詩」的現場行動藝術。

2010.3-5月擔任已故畫家陳勤-東方長嘯「狂放與純粹」紀念畫展之新
聞公關。

2010.4-6月策劃管管與黑芽伉儷「管不了的賢伉儷　不管不管黑芽開花
　　——詩畫聯展」，於林本源園邸展覽。

2010.5.26-6.2與白靈、羅任玲、神小風共四人，至成都、昆明、雲南
　　迪慶（香格里拉）交流。

　　擔任台灣第一部電子書「葉綠書」作家代言人，6.26於高雄紀伊
　　國屋示範、座談。

　　新店第一屆「水岸文化節擔任知名作家（蘇偉貞7.17、朱天心
　　7.18、駱以軍7.10、顏艾琳7.11）簽書會。」

　　受邀擔任李清照感傷私人劇團團長劉亮延邀請，策劃、編劇、主
　　演實驗舞台劇《無色之色》，為兩岸詩人第一遭親自演出原創
　　劇作。2010.8.28於台北縣立藝文中心首演，引起藝文界高度關
　　注，各大重要媒體紛紛報導。

2010年7月獲本土重要創作獎項——吳濁流文學獎新詩正獎年度得
　　主。

2010.9.17-22 與鄭愁予受邀至北京，參加第二屆中秋詩會。17日抵
　　京，先參與芒克在宋庄藝術村策劃的「第6屆宋庄詩歌節」；兩
　　場皆上台朗誦自己的作品。

2010.10.29-11.2 與創世紀詩人受邀到福州、莆田、湄洲交流。於「古
　　月—浮生　簡體字詩集發表會」上朗誦作品。

2010年12月，擔任台北市國際花卉博覽會「詩王爭霸」、「讀霸花
　　博」徵詩文比賽、創意朗誦表演比賽之評審。協助「天書在線」
　　第一屆徵文比賽前置籌備，擔任頒獎人。

2011年1-2月策劃及擔任「台北國際書展」朗讀節主持「民國百年重
　　要女詩人沙龍」，邀請蓉子、陳育虹、風球詩社社長廖亮羽，以
　　老中青世代講述百年來的女詩人創作流變。

2011年受邀代編廣東潮州九月詩刊第18期「台灣詩人精選輯」一冊，
　　受內地廣為注目。

　　中華民國100年五四藝文節，獲頒中國文藝文學類新詩獎章。

2011年6.1-6.4受邀參加海南島海口兩岸高端詩歌論壇、6.5-6.8受邀江
蘇鹽城第一屆國際詩歌音樂節,參與討論會議、並於大型晚會
朗誦。

2011年夏天,北京地鐵第七期地鐵詩,收錄兩岸十位詩人作品。其中
四位台灣詩人為余光中、鄭愁予、白靈、顏艾琳。

2011年7.30到北京參加宋莊詩會、8.2-8.5至吉林松原縣與蒙古女詩人
額魯特珊丹結識、8.7-8.12受邀參加青海第四屆國際詩歌節。

2011年9.26-9.28受邀至澳門,參予「中西詩歌創刊十周年」交流。
10.31-11.4受邀至廣西北海縣交流。

應廈門台灣詩歌研究所徐學教授邀請,擔任台灣跨界詩人選集
出版顧問。

2011年秋,受大陸第一個付稿費的詩歌網站「影響力」,擔任台灣
常態之顧問委員,並力邀台灣詩人蘇紹連、焦桐、林德俊、鴻
鴻、林婉瑜等人,共同擔任策劃委員。

客委會2011年銅鑼「公共藝術」,以創作案〈共銅鑼織我們的
情詩〉一案入選,於11-12月前往駐地創作。

2011年12.30-2012年1.5日受邀到雲南大理,參加「天問詩刊」跨年
詩會。

在奈米的時代
讀顏艾琳

推薦書：顏艾琳《微美》
　　　　（華品文創）

◎洪淑苓

　　在奈米的時代，微小，便是美。這種「微小」，不是數量、數字上的輕、薄、短、小，而是一種「微距」的感覺，在貼近以前，須前後移動焦距，等到目標物清楚了，再鎖定鏡頭來觀察。是一種貼近，但又不黏不陷的距離感。

　　我是用這樣的方式來讀顏艾琳的新書《微美》。這一本書很難歸類，詩集？小品文？還是手記？前後移動，遠遠的看，近近的讀，歪在沙發上閒看，端坐在書桌前細讀，各種方法都值得一試。

　　終於，我窺見她的一些心思，有關女人、自我、世界與書寫的這些事。

　　說顏艾琳是才女，她一定不會同意。因為這是個多麼古典的稱謂，而她「前輩子」以為自己是男人，至少是中性，「後輩子」才發現自己是不折不扣的女人；我們只要回想她的〈淫時之月〉等詩，就會和她一起會心一笑，「勾起所有陽物的鄉愁」的那枚新月，正是那對鏡自視，漾開來的一彎紅唇，宣示著：我就

是個女人。在這本書中,她刻畫了現代女子、女巫的影子、九十分女人,以及發揮「陰思想」和「陰謀論」等,都十分有趣。

　　說顏艾琳是慈悲的,她可能會同意。雖然「慈悲」,聽起來像是發給她一張「好人卡」,但這本書卻處處浮現對人世的悲憫和體恤。她寫著:「缺手的人渴望一雙白色芭蕾舞鞋」、「在夜裡,總有人受傷、生病,彷彿夜不斷地傷害自身的寧靜」,無非都是對人世苦痛的體恤和同悲共感。〈雲族〉說:「所有看你的眼睛,都是悲傷的水分子。在空氣中,喊你名。你是他們即將要落下來的眼淚……」捨棄雲朵自由飄盪的意含,而取眼淚的意象,詩意的文字中,滿溢慈悲的氛圍。

　　當然,對一個寫作的人來說,自我,無疑是時時刻刻與世界衝突的。〈致寫作〉中說,每一個寫作者都有一個反芻自我的胃,「你寫下每一個字,每個字都在說著『我自己』。」這類思索,讓我們看到,一個作家以微距離在審視自我的內心;而原本可能是叨叨絮絮的雜念,卻提煉為詩意的句子,確實需要莫大的勇氣和文字的工夫。

　　「一個詩人痛苦著自身命運的順遂」,是顏艾琳為太平時代的詩人塑造的共相。她捕捉了阿波羅大廈前的少女的身影,實則也憶起自己走上創作之路的重重影像。因此,《微美》可視為顏艾琳多年寫作,對文學與人生的思考、感受,蓄積的力量爆發而出的著作,具體而微地呈現顏艾琳心中、眼底的奈米世界。

　　若欲追究這本書的形式,我想不止是形式上接近哲學大師的手記,更在於內容上的靈敏思想與詩意手法。期許這不止是顏艾琳詩創作的中介點,也將帶動下一波手記文學的風潮。

UDN數位閱讀網

《骨皮肉》
http://reading.udn.com/reading/introduction_ebook.do?id=24464

《她方》
http://reading.udn.com/reading/introduction_ebook.do?id=22709

國家圖書館出版品預行編目(CIP)資料

詩樂翩篇：悅讀越厲害,詩人玩跨界 / 顏艾琳作.
-- 初版. -- 台北市：華品文創, 2012.03

面； 公分

ISBN 978-986-87808-3-5(平裝)

851.486   101002578

詩樂翩篇 ——悅讀越厲害，詩人玩跨界

作者 ——————— 顏艾琳
總經理 —————— 王承惠
總編輯 —————— 陳秋玲
財務長 —————— 江美慧
印務統籌 ————— 張傳財
封面設計 ————— 翁　翁
美術設計 ————— 不倒翁視覺創意 onon.art@msa.hinet.net

出版者 —————— 華品文創出版股份有限公司
                        100台北市中正區重慶南路一段57號13樓之1
                        服務專線：(02)2331-7103或(02)2331-8030
                        服務傳真：(02)2331-6735
                        E-mail：service.ccpc@msa.hinet.net
                        部落格：http://blog.udn.com/CCPC

總經銷 —————— 大和書報圖書股份有限公司
                        台北縣新莊市五工五路2號
                        電話：(02)8990-2588
                        傳真：(02)2299-7900

印刷 ———————— 卡樂彩色製版印刷有限公司
初版一刷 ————— 2012年3月
定價 ———————— 平裝新台幣270元
ＩＳＢＮ ———— 978-986-87808-3-5